Ein perfektes Verbrechen

ERNST BROERS

Ein perfektes Verbrechen

Bibliografische Information der Deutschen Nationalbibliothek
Die Deutsche Nationalbibliothek verzeichnet diese Publikation
in der Deutschen Nationalbibliografie; detaillierte bibliografische
Daten sind im Internet über http://dnb.d-nb.de abrufbar.

© 2017 Ernst Broers
Umschlagdesign, Satz, Herstellung und Verlag:
BoD – Books on Demand
ISBN 978-3-7412-6278-4

Inhalt

Überraschender Besuch	9
Notwehr mit Todesfolge?	12
Die falsche Adresse	15
Gerechtigkeit?	19
Ein falsches Spiel	26
Ein freundlicher Herr	32
Einträgliche Geschäfte	35
Franz Poggenpohl	42
Je später der Abend	45
Schaschlik	50
Sackgasse	54
Begegnung nach zwölf Jahren	59
Zwei arme Teufel haben den Herrn der Hölle verärgert	176
Zwei arme Teufel in Schweden	178

Ein perfektes Verbrechen 65

Kapitel 1 67
    Nichts Besonderes

Kapitel 2 71
    Lehrstellensuche

Kapitel 3 78
    Schlosserlehre

Kapitel 4 84
    Noch eine Lehre

Kapitel 5 89
    Eine ganz andere Lehre

Kapitel 6 93
    Willi in Afrika

Kapitel 7 97
    Ein peinliches Versehen

Kapitel 8 100
    Mal wieder in Deutschland

Kapitel 9 107
    Arbeitslos

Kapitel 10 111
    Die Reise nach Ungarn

Kapitel 11   118
    Unfälle

Kapitel 12   122
    Glück gehabt

Kapitel 13   126
    Ein erstaunliches Erlebnis

Kapitel 14   131
    Elvira bekommt einen Vollzeitjob

Kapitel 15   136
    Rollender Schwachsinn

Kapitel 16   143
    Elvira und Ingrid

Kapitel 17   149
    Eine Panne

Kapitel 18   155
    Ein Hundeleben

Kapitel 19   161
    Gehirnwäsche

Kapitel 20   169
    Ein langweiliger Tag

Überraschender Besuch

Therese Bremer konnte nicht einschlafen. Wie so oft in letzter Zeit lag sie wach und grübelte über vergangene Zeiten nach und darüber, was die Zukunft wohl bringen würde. Sie dachte an die Zeit, als sie Wilhelm kennenlernte. Wie jung und verliebt sie damals waren. Eine wunderschöne Erinnerung. Sie dachte daran, wie sie zusammen die Tischlerei aufgebaut hatten. Wilhelm hatte die handwerklichen Arbeiten gemacht, sie hatte Kunden geworben und betreut, sie hatte die Rechnungen und Mahnungen, die Steuererklärungen und was sonst noch in einem Handwerksbetrieb an Schreibkram anfällt gemacht. Es war zwar eine harte und entbehrungsreiche Zeit, aber das Gefühl, es aus eigener Kraft zu schaffen, machte sie beide glücklich und stark, festigte ihre Ehe so, dass niemand und nichts sie hätte auseinanderbringen können. Das hatte nur der Tod geschafft.

Als ihre Existenzgrundlage sicher war, konnten sie auch an Kinder denken, aber das hatte ihnen das Schicksal versagt. Warum nur? Warum?

Wilhelm hatte für das Alter gut vorgesorgt, hatte auch als selbstständiger Meister regelmäßig die Beiträge für die Rentenversicherung eingezahlt, und als er sich zur Ruhe setzen wollte, ermunterte er rechtzeitig Richard, einen seiner Gesellen, die Meisterprüfung abzulegen. Nach bestandener Prüfung überschrieb er Richard Werkstatt und Haus für eine gute Leibrente und lebenslanges Wohnrecht für sich und seine Frau.

Richard war glücklich: Ohne Eigenkapital konnte er sich selbstständig machen, konnte eine gut eingeführte Werkstatt übernehmen und die monatliche Leibrente warf die Werkstatt allemal ab. Es war für beide ein gutes Geschäft.

Nein, Geldsorgen hatte Therese nicht, aber die Einsamkeit machte ihr zu schaffen. Seit vor zehn Jahren Wilhelm an einer Blutvergiftung gestorben war, lebte sie allein. In der Woche war ja wenigstens am Tage Leben in der Werkstatt, aber nachts?

Bis vor einem halben Jahr konnte sie den Leuten in der Werkstatt zum Frühstück Kaffee bringen und mit Richard oder auch mit den Gesellen ein paar Worte wechseln, aber nachdem Richard dann den schweren Unfall gehabt und sein Sohn Walter das Kommando übernommen hatte, war alles anders geworden.

Walter war das Gegenteil von seinem Vater und von Wilhelm, er war Therese unsympathisch. Sie wusste nicht warum, aber ihr Gefühl hatte sie noch nie getrogen, und so ging sie ihm aus dem Weg.

Dann wusste sie es: Ein alter Geselle, der schon unter Wilhelm in der Werkstatt gearbeitet hatte und von allen nur »Krischan« gerufen wurde, hatte ihr vor Kurzem zugeflüstert, dass der Junior darauf aus war, die Leibrente zu sparen.

Er hatte zufällig ein Gespräch mitgehört. Walter hatte unter anderem zu dem Vorarbeiter gesagt: »Die alte Krähe kann noch 20 Jahre leben und wir sollen dafür arbeiten. Das sehe ich nicht ein! Das Geld kann ich auch brauchen! Die muss weg!«

Krischan hatte seiner alten Chefin nicht alles gesagt, um sie nicht zu sehr zu erschrecken, aber doch so viel, dass sie vorsichtig sein würde. Er hoffte es wenigstens.

Das alles ging Therese immer und immer wieder durch den Kopf. Schließlich wurde es ihr zu dumm und sie dachte: »Ich werde mir einen Beruhigungstee kochen und dann werde ich wohl endlich einschlafen!«

Sie stand auf, ging in die Küche und setzte einen Topf mit Wasser auf den Elektroherd.

Als das Wasser gerade kochte, hörte Therese ein Geräusch, als splitterte Glas. Sie dachte: »Da stimmt etwas nicht! Da hat jemand eine Scheibe eingeschlagen. Ich bin zwar alt, aber noch kann ich mich auf meine Sinne verlassen. Wenn es ein Einbrecher ist, dann wird ihn meine Anwesenheit stören und er wird lieber verschwinden, wenn ich mich hier, fern von ihm, bemerkbar mache. Wenn Krischan aber recht hat und der Junior mich aus dem Weg räumen will, dann wäre es gut, wenn ich den Angreifer herlocke. Hier habe ich eine Waffe, die, überraschend eingesetzt, den stärksten Mann besiegen kann!«

Therese begann erst leise, dann immer lauter ein Kinderlied zu singen. Dabei stellte sie den dreistufigen Tritt vor die Waschmaschine neben der Tür und stieg hinauf. Hier oben, gleich neben der Tür, würde sie ein Angreifer nicht vermuten, da konnte sie ihn überraschen. Den Topf mit heißem Wasser nahm sie mit. Dann stieß mit dem Fuß einen leeren Topf um, der mit Gepolter zu Boden fiel. Sie hörte auf zu singen und fluchte wie ein Kutscherknecht. Nach wenigen Augenblicken ging die Tür leise auf. Eine Mütze schob sich in die Küche.

Ein Schlag von Thereses linker Hand wirbelte die Mütze zur Decke. Wie erwartet hob der Mann den Kopf und eine Pistole. Therese hatte aber schon begonnen, das heiße Wasser auf ihn zu gießen. Der Schließreflex der Augen des Fremden setzte erst ein, als das heiße Wasser sein Gesicht traf – zu spät für die Augen.

Das laute Poltern der Pistole, die zu Boden fiel, als der Angreifer seine Hände schützend über die Augen schlug, ging in dem noch lauteren Geschrei unter.

Therese stieg so schnell sie konnte von ihrem »Hochsitz« und nahm die Pistole auf. Sie konnte ja nicht wissen, ob der Mann allein gekommen war. Wie gut, dass Wilhelm ihr den Gebrauch einer solchen Waffe gezeigt hatte. Sie fühlte. Das Ding war ja entsichert! Da brauchte sie sich also keine Vorwürfe zu machen. Wer mit einer entsicherten Waffe in einem fremden Haus herumstöbert, der hatte bestimmt nichts Gutes im Sinn!

»Otto, was ist? Warum schreist du so?«, hörte Therese eine ihr bekannte Stimme rufen. Das war doch Walters, des Juniors Stimme! Da tauchte auch schon sein Gesicht auf. Therese schoss sofort. Der erste Schuss traf den ersten Angreifer, der ohnehin kampfunfähig war. Pech gehabt! Er zuckte zusammen und gab den zweiten Angreifer frei. Der zweite Schuss traf diesen, verursachte aber nicht nur, wie der erste, eine Fleischwunde. Therese ging zum Telefon und rief die Polizei.

Notwehr mit Todesfolge?

So sah es die Polizei nicht und nahm Therese mit.

Der Staatsanwalt betrachtete es als Mord, schwere Körperverletzung und illegalen Waffenbesitz.

»Dass der erste Eindringling die Waffe mitgebracht habe, ist eine Schutzbehauptung. Auf der Waffe waren nur Fingerabdrücke der Beklagten klar erkennbar und ein paar verwischte Spuren, die nicht verwertbar sind. Ferner hatte die Beklagte auf den ersten Eindringling geschossen, obwohl sie diesen bereits mit heißem Wasser die Augen verbrüht und ihn so blind und kampfunfähig gemacht hatte. Des Weiteren hatte die Angeklagte auf den unbewaffneten Sohn des Hausbesitzers geschossen, der zufällig vorbeigekommen war und, durch das Geschrei des Geblendeten aufmerksam geworden, der Beklagten zur Hilfe kommen wollte.«

Ja, so konnte man das Geschehen nachträglich auch darstellen.

Thereses Verteidiger fragte: »Aus welchem Grund soll sich die Beklagte mit einer Pistole bewaffnen, wenn sie sich in der Küche einen Tee bereiten will? Und wenn die Beklagte eine Pistole zur Hand gehabt hätte, warum hat sie sich dann mit heißem Wasser verteidigt? Es war doch für die alte Frau sehr umständlich, erst auf die Waschmaschine zu klettern und dann ein Mittel anzuwenden, dessen Nutzen nicht so sicher war wie die Benutzung einer Schusswaffe. Die Handlung ist doch durch nichts widerlegt. Dass die Beklagte als Letzte die Pistole in der Hand hatte, ist ebenfalls unbestritten. Dass dadurch andere Fingerabdrücke verwischt wurden, ist selbstverständlich. Ich habe inzwischen veranlasst, was der Herr Staatsanwalt versäumt hat: Ich habe das Magazin auf Fingerabdrücke untersuchen lassen. Auf dem Magazin waren nur Fingerabdrücke des ersten Angreifers. Wie sollen die dorthin gekommen sein, wenn es die Pistole der Angeklagten war? Und warum sollte die Beklagte nicht die Pistole des Angreifers aufheben, solange er mit seiner Verbrühung beschäftigt ist? Damit der Angreifer eventuell eine zweite Chance hat, seinen Auftrag auszuführen? Wie stark die Wirkung des heißen Wassers war, konnte die Beklagte doch nicht erkennen. Bitte, meine Herren, beantworten Sie meine Fragen.«

Darauf wussten weder der Staatsanwalt noch der Rechtsanwalt des Erblindeten eine stichhaltige Antwort.

Der Verteidiger sprach weiter: »Falls den Herren der Wortlaut des Notwehr-Paragrafen entfallen ist, hier, bitte: Notwehr ist Abwehr eines gegenwärtigen rechtswidrigen Angriffes auf Leib und Leben, Ehre oder Eigentum eigener oder fremder Person mit der geringsten zur Abwehr notwendigen Waffe. Dabei ist es nicht notwendig, dass es sich tatsächlich um einen Angriff handelt, entscheidend ist, dass jeder normale Mensch sich nach dem ersten Augenschein angegriffen fühlen würde. Wenn eine fremde Person sich gewaltsam Zugang zu Ihrer Wohnung verschafft und mit einer entsicherten Pistole in der Hand in Ihrem Haus herumschleicht, würden Sie dann ausschließen, dass der zweite Eindringling auch bewaffnet ist? Wohl kaum! Da konnte die alte, schwache Frau kein Risiko eingehen! Deshalb schoss die Beklagte sofort, als die zweite Person auftauchte. Da sie keine Übung im Umgang mit Waffen hat, ging der erste Schuss sozusagen fehl und traf den bereits kampfunfähigen ersten Angreifer. Aber erst dadurch wurde der zweite Angreifer so weit frei, dass die im Schießen ungeübte Beklagte überhaupt eine Chance hatte, den zweiten Angreifer zu treffen. Dass sie mit diesem Schuss ein Leben auslöschte, war reiner Zufall. Oder haben Sie Beweise dafür, dass die Beklagte jemals das Schießen mit einer Pistole geübt hat?«

Auch dagegen konnten weder der Staatsanwalt noch der Anwalt des Nebenklägers etwas einwenden.

Und so sah es auch das Gericht: »Die Beklagte ist eine alte, gebrechliche Frau, die keine Chance hätte, sich gegen zwei kräftige Männer zu verteidigen. Das Wissen darum, dass der Getötete eventuell die Leibrente sparen wollte, das Eindringen in ihre Wohnung, die entsicherte Pistole, das Erscheinen einer zweiten Person, der Person, die ihr eventuell etwas Böses wollte, das alles legt die Anwendung des Notwehr-Paragrafen nahe. Die Beklagte ist freizusprechen.«

Meister Richard war von seinem Sohn sehr enttäuscht. Jetzt musste er sehen, wie er seinen Betrieb wieder selbst leitete oder einen Meister fand.

Dem jetzt blinden Gesellen trauerte er nicht nach, den hatte sein Sohn aus Freundschaft eingestellt, er hätte ihn nie genommen.

Aber Meister Richard wusste ja jetzt, warum sein Sohn ihn eingestellt hatte. Und Therese hatte noch zwei Gründe mehr zu grübeln. Walter war doch noch so jung gewesen. Und der Blinde.

Aber warum gönnten sie ihr nicht ein ruhiges Alter?

Die falsche Adresse

Auweia! Das war noch einmal gut gegangen – dank der Hilfe der Polizei! Alfred hatte die Besitzerin einer noblen Villa am Borstler Jäger an der Tür überrumpelt und bei seinem Suchen nach Beute unbemerkt einen stillen Alarm ausgelöst. Als aber ein Polizeifahrzeug mit Blaulicht und lautem Tatütata angerast kam und mit quietschenden Reifen vor dem Haus hielt, verließ er es durch ein Fenster an der Rückseite, während die Polizisten durch die offene Vordertür ins Haus stürmten. Alfred war durch den Garten gelaufen und im anschließenden Wäldchen verschwunden. Ohne ein Riesenaufgebot und Hunde würden sie ihn dort nicht finden, und bis die Polizei das organisiert hatte, verging genug Zeit, um endgültig unterzutauchen. Er würde seine Spur für die Hunde unbrauchbar machen und der einsetzende Regen würde ihm sicher dabei helfen.

Alfred tastete sich durch dichtes Gestrüpp, das ihm die Hände und das Gesicht zerkratzte, stieß hier und da an einen Baum und konnte nur an den Geräuschen der Straße einen Eindruck von der Richtung erahnen, in der er sich bewegte.

Plötzlich war das Gestrüpp zu Ende, das Rascheln unter seinen Füßen wurde zum Knirschen. Alfred sah nach oben. Schwach, gerade noch wahrnehmbar, zeichnete sich ein hellerer Streifen zwischen den Baumwipfeln ab. Er hatte also einen Weg erreicht. Endlich war die Schinderei vorbei! Schnell, aber leise ging er diesen Weg entlang, weg von der Gefahr.

Der Regen wurde stärker, die Geräusche der Straße waren nicht mehr zu hören und Alfred konnte sich nur noch an dem fast unsichtbaren Streifen Himmel über dem Weg orientieren.

Dann war das Wäldchen zu Ende und er stand auf einer unbeleuchteten Asphaltstraße. Das Gurgeln des Wassers beim Einlauf in einen Siel sagte ihm, dass er nur eine Strecke im fließenden Wasser entlanggehen müsse, um seine Spur für jeden Hund zu löschen.

Alfred war ein Stück im überfluteten Rinnstein gewandert, als er in der Ferne einen Lichtschein sah. Der Lichtschein wurde heller. Ein Auto! Vielleicht sogar ein Polizeifahrzeug? Egal. Alfred hastete über die Straße, über den Gehsteig, stieg über einen Zaun und verschwand gerade noch rechtzeitig hinter einem Busch, bevor das Auto mit seinen Scheinwerfern alles in gleißendes Licht tauchte. Es war ein Polizeifahrzeug.

Inzwischen hatten sie sicher auch die Frau gefunden, aber die konnte keine Personenbeschreibung mehr geben. Ein gewissenloser Mörder war er zwar nicht, aber warum hatte sie sich ihm auch in den Weg gestellt? Da er Handschuhe getragen hatte, würde es dem Gericht schwerfallen, ihm die Tat nachzuweisen – wenn man ihn nicht in den mit Blut verschmutzten Kleidern fassen würde.

Alfred war durchnässt bis auf die Haut und jetzt, wo er still hinter dem Busch hockte, wurde ihm kalt. Im Licht der Scheinwerfer hatte er erkannt, dass er sich in einem Kleingartengebiet befand. In einer der Lauben würde er sicher etwas Trockenes, Warmes zum Anziehen und vielleicht auch etwas Essbares finden, denn jetzt bekam er auch noch Hunger. Da es mitten in der Woche war, würde er wohl kaum einen Menschen antreffen.

Vorsichtig öffnete Alfred ein Fenster der nächstgelegenen Gartenlaube, stieg ein und bewegte sich leise über den Teppich. Er fühlte sich in Sicherheit, aber vielleicht war doch jemand im Haus, und den musste er ja nicht unbedingt wecken.

Alfred stutzte: War da nicht eben ein Geräusch gewesen, ein leises Tappen? Er lauschte, doch er hörte nichts. Na, dann hatte er sich wohl getäuscht.

Noch ein paar tastende Schritte – sehen konnte er in der Finsternis nichts – da war es wieder, dieses leise Tappen! Dann hörte er es deutlich grollen, wie fernes Gewitter, aber der Ursprung des Geräusches schien nahe zu sein. Wieder leises Tappen und das Grollen kam aus einer anderen Richtung.

Alfred wurde es unheimlich und er wandte sich zum Gehen, aber da war das Grollen direkt vor ihm, und laut. Erschrocken blieb er stehen und plötzlich verdunkelte ein Schatten den matten Schimmer des Fensters. Etwas Schweres legte sich auf seine Schultern, er spürte einen warmen Atem und eine raue Zunge wischte ein paarmal über sein Gesicht. »Mein Gott«, dachte Alfred, »das muss ja ein riesiger Köter sein.«

Die Last wich von seinen Schultern, und als er das leise Aufsetzen der Pfoten hörte, stellte er sich bequemer hin. Sofort hörte er wieder das Grollen, aber hinter sich! Noch so ein Riesenviech!

Herr und Frau Jordan kehrten müde, aber in froher Stimmung heim. Der Regen war vorüber, im Osten zeigte sich ein rosiger Schein. War das eine Feier gewesen bei Siegmunds! Wie gut, dass man Urlaub hatte und das einmal so richtig genießen konnte!

Herr Jordan schloss die Tür auf und ließ seine Frau eintreten. Seltsam, Max und Moritz, die beiden schwarzen Deutschen Doggen, die doch sonst immer ihre Besitzer freudig begrüßten, kamen nicht. Die hatten doch wohl nicht auch gefeiert? Herr Jordan machte Licht im Flur. Nichts. Kein Hund.

Frau Jordan ging in das Wohnzimmer und machte dort Licht. Sie stand einen Augenblick verblüfft und starrte auf das seltsame Bild, das sich ihr bot. Dann konnte sie sich nicht mehr halten vor Lachen. Ihr Mann eilte herbei und prustete sofort los. Es war auch zu komisch, was die beiden zu sehen bekamen. Da stand mitten im Zimmer in einem großen Wasserfleck ein nasser, fremder Mann bleich und zitternd zwischen Max und Moritz. Die sahen ihren Herrn und seine Frau erwartungsvoll an und klopften mit ihren langen Schwänzen den Teppich.

Alfred war weniger zum Lachen zumute. Wie viele Stunden hatte er regungslos gestanden? Er war so müde, er konnte sich kaum noch auf den Beinen halten, aber der Gedanke an die beiden Hunde hatte seine letzten Reserven mobilisiert, hatte ihn aufrecht gehalten. Ja, auch in dem hartgesottensten Verbrecher regen sich Gefühle bei der Überlegung: Was werden die Hunde mit dir machen, wenn du umfällst? Wärst du vielleicht gerade die richtige Frühstückportion für sie? Wie würden die Besitzer reagieren? Immerhin sparten sie das Futter, und wer würde ihn in diesem Haus suchen?

Alfred wollte es nicht ausprobieren, er wartete lieber aufrecht und geradezu sehnsuchtsvoll auf die Polizei. Gefängnis, das wusste er aus langer Erfahrung, war nicht angenehm, aber bestimmt angenehmer, als von diesen Hunden zum Frühstück gefressen werden!

Gerechtigkeit?

Oskar war nicht einfach »Herr Schulz«. Er war Staatsanwalt, und so wollte er auch angesprochen werden! Er war als unbarmherzig bekannt, und war ein Richter ihm zu milde, dann konnte der sicher sein, dass der Prozess in die nächste Instanz ging. Oskar verlangte immer die Höchststrafe. So wie in diesem Prozess.

Wegen Hunger ein Brötchen gestohlen? Mundraub? Lächerlich! In Deutschland brauchte man kein Brötchen zu stehlen, es gab genug zu kaufen, um satt zu werden. Und das war auch kein einfacher Diebstahl. Der Täter hatte das Brötchen der Verkäuferin mit brutaler Gewalt aus der Hand gerissen und sie dabei weggeschubst. Das war Raub! Vier Kundinnen hatten diesen Gewalttäter festgehalten, bis die Polizei kam. Was heißt hier: Der Täter steht zum ersten Mal vor Gericht? Bisher hatte man ihn nur nicht erwischt! Und damit es nicht zur Gewohnheit wurde, musste so eine brutale Tat hart bestraft werden!

Oskar Scholz war in seinem Element! Was waren das auch für hirnlose Gestalten, die da vor Gericht standen? Menschen haben doch einen Titel!

Freunde hatten ihm seine Arroganz und Menschenverachtung nicht eingebracht – und seine Unbarmherzigkeit schon gar nicht. Selbst Sybille, seine Frau, fragte sich in letzter Zeit so manches Mal, an was für ein Ungeheuer sie da geraten war. Früher war ihr das wohl nicht so bewusst geworden. Sie stammten beide aus »besseren Kreisen«, und da sah man schon etwas auf das einfache Volk herab. Als sie jung und verliebt war, schwebte sie im siebten Himmel, da übersah und überhörte man manches. Und vielleicht war Oskar damals auch noch nicht ganz so streng gewesen.

Anderntags war alles vergessen. Der Urlaub in der Hütte in den Alpen lag vor ihnen! Vier Wochen keine Akten, keine Gerichtsverhandlung, kein Telefon, keine gesellschaftlichen Verpflichtungen. Vier Wochen nur leben!

Der Wagen war gepackt, Oskar saß am Steuer, Sibylle neben ihm. (Eine Frau konnte man doch nicht ans Steuer eines Autos lassen. Die hatte doch schon genug technische Probleme mit dem Kinderwagen. So sah es jedenfalls Oskar. Dass Sibylle vor der Hochzeit einige Jahre ihren eigenen Wagen – unfallfrei – gefahren hatte, war Oskar entfallen.)

Am Abend war man an der Grenze zu Österreich. Dort gab es keine Schwierigkeiten, die kamen 50 Kilometer später.

Frank Wesemeier, Heinz Müller und Klaus Mackenroth hatten zwar herausgefunden, wann und wohin der strenge Herr Staatsanwalt in Urlaub fahren würde, nur wo genau die Almhütte stand, das konnten sie nicht herausbekommen und deshalb hatten sie den Mercedes nicht aus den Augen gelassen, seit er in Hamburg auf die Straße gefahren war. Nein, Oskars Freunde waren die drei gewiss nicht. Es hatte auch nichts mit seiner Sicherheit zu tun, sie wollten nur sicher sein, dass sie die richtige Almhütte fanden, und Oskar!

Jetzt waren sie am Ziel, da war die Hütte.

Oskar und Sibylle stiegen aus, sahen ins Tal hinab. Traumhaft schön war dieser Ausblick. Die um die Kirche gescharten Häuser dort unten wirkten wie Kinderspielzeug, die Almwiesen mit den Kühen darauf, am Gegenhang der dunkle Tannenwald und darüber die steilen Felsen, von der untergehenden Sonne rot beleuchtet.

Oskar schloss die Tür auf und sie traten ein.

Ein Weilchen später traten Frank und Klaus ein, vermummt und jeder mit einer Pistole in der Hand: »Hände hoch und ganz friedlich. Hier oben hört niemand euren Hilferuf, und wenn jemand im Tal einen Schuss hört, dann denkt er höchstens an einen Wilderer.«

Schnell war Sibylle in einer Kammer eingesperrt, Oskar gefesselt und mit verbundenen Augen in seinem eigenen Wagen verstaut. Frank ging wieder zurück ins Haus, während der Wagen mit Oskar davonfuhr.

Er ließ Sibylle frei und sagte: »Entschuldigen Sie, junge Frau, aber Sie brauchen sich keine Sorgen um sich und Ihren Mann zu machen, wir jedenfalls tun ihm nichts. Und Ihnen tu ich schon gar nichts. Sie haben ja niemandem etwas getan. Ihr Mann kommt übermorgen frei, dann ist sein Stoppelbart lang genug. Eine Woche später können Sie sich um ihn kümmern. Und bis dahin sollten Sie die schöne Natur genießen. Ihr Mann wird nur als Bettler verkleidet und ohne Papiere in Wien ausgesetzt. Er soll einmal die Freuden und Leiden der Obdachlosen so recht von Herzen genießen. Ich lasse Sie jetzt allein. Aber versuchen Sie bitte nicht, die Alm zu verlassen, ich möchte Ihnen nicht wehtun und selbst auch keine Schwierigkeiten haben. Sie verstehen?!«

Zunächst traute Sibylle dem Frieden nicht, aber je länger sie über die Worte des Fremden nachdachte, desto deutlicher wurde ihr die Absicht der Männer. Oskar sollte nur einmal am eigenen Leib erfahren, was er mit seiner Unbarmherzigkeit anrichtete. Hungrig, unrasiert, in schmutzigen Kleidern und ohne Papiere in einer fremden Stadt, da würde er das Leben einmal aus der Sicht seiner Klienten, der Angeklagten, kennenlernen. Das verstand sie. Und sie dachte: »Dann man viel Spaß, Oskar. Ob du danach noch so hartherzig bist?«

Oskar kam in einen engen Raum mit der Ausstattung einer Gefängniszelle. Als Nachtmahl bekam er drei Scheiben trockenes Brot und einen Becher klares Quellwasser. Das war auch am nächsten Morgen sein Frühstück, zu Mittag bekam er eine wässerige, geschmacksneutrale Gemüsesuppe. Schauderhaft!

Am Abend und am nächsten Morgen gab es noch ein paar Scheiben trockenes Brot und einen Becher Wasser. Kein guter Service.

Am darauffolgenden Morgen erwachte Oskar sehr früh frierend unter einer Brücke. Wie er dort hingekommen war? Oskar wusste es nicht, man hatte ihm offenbar einen Schlaftrunk verabreicht. Sein Magen schmerzte. Es war ein Gefühl, das er noch nicht kannte: Hunger. Sein Kopf schmerzte auch, aber es konnte nicht daran liegen, dass er sich selbst nicht erkannte, als er an sich heruntersah. Was war das für schmutziges Zeug, was er da trug?

Mühsam erhob er sich mit klammen Gliedern und quälte sich zu der belebten Straße über der Brücke.

Endlich hatte er ein Haus erreicht. Als er am Fenster vorbeikam, erschrak er: Da spiegelte sich so eine verwahrloste Gestalt mit Stoppelbart, wie er sie gerade an seinem letzten Arbeitstag angeklagt hatte. Ob die Leute ihn telefonieren lassen würden?

Er klopfte trotz dieser Zweifel an der Tür und wurde genauso unwirsch abgewiesen, wie er es befürchtet hatte. Aber er war doch Staatsanwalt! Ja, das war er, nur, so erkannte ihn niemand als solchen und er wurde seinem Aussehen entsprechend behandelt.

Er schleppte sich mit seinen immer noch klammen Gliedern weiter. Die Menschen, denen er begegnete, machten einen Bogen um ihn. Als er an einen Platz kam, auf dem noch ein paar ihm gleich gekleidete Personen herumstanden, wurde er von diesen begrüßt.

Oskar beschlich ein seltsames Gefühl: Die ordentlichen Bürger wichen ihm aus und die, die er als Abschaum der Menschheit betrachtete, grüßten ihn freundlich.

Aber dazu gehörte er doch nicht! Auch wenn man ihn so verkleidet hatte, er war doch Staatsanwalt Schulz! Und als solcher würde er sich auch bei der hiesigen Polizei vorstellen.

Das hätte er lieber nicht in seiner gewohnten Art tun sollen! In Wien liebt man den preußischen Kommandoton nicht sonderlich und von einem dreckigen, unrasierten Schnorrer schon gar nicht.

Der »Kieberer«, bei dem Oskar sich als »Staatsanwalt Schulz aus Deutschland« vorgestellt hatte, sagte nur: »Und ich bin der Kaiser von China. Gebt ihm mal 'ne Zelle, damit er seinen Rausch ausschlafen kann und wir nicht schuld sind, wenn ihm was passiert.«

Über den Wunsch, dass sie doch bitte in Deutschland bei seiner Dienststelle anrufen möchten, lachte die ganze Mannschaft.

Ja, das war genau die Art und Weise, wie Oskar mit so einem »hirnlosen Strauchdieb« umgesprungen wäre, und als er sich wehren wollte, wurden die Polizisten unsanft: Arm auf den Rücken und weit nach vorn gebeugt in die Zelle, plumps, da lag er. Tür zu.

Am Nachmittag wurde Oskar entlassen. Die Zelle wurde für eine wichtigere Person gebraucht, und er hatte begriffen, dass er mit seinem Dickkopf nicht durch die Wand kam, wenn diese Wand auch nur aus Vorurteilen und Vorschriften bestand. Er würde betteln müssen, um Geld zu bekommen, damit er nach Deutschland telefonieren könnte. Ein bettelnder Staatsanwalt. Bei dem Gedanken sträubten sich Oskar die Haare.

Aber zunächst einmal war ihm schlecht vor Hunger. Er ging in eine Bäckerei, fragte nach einem alten Rundstück und war schneller wieder draußen, als er hereingekommen war, und jetzt war auch noch seine Hose zerrissen. Er stellte sich an die Straße und hielt die Hand auf, einen Hut hatte er ja nicht. Die Menschen hasteten vorbei, gaben einem Schnorrer nichts. Oskar ging weiter. So langsam verzweifelte er.

Er kam an einen Markt, der gerade geräumt wurde, und erwischte ein paar angestoßene Äpfel. So etwas hatte er früher wegschmeißen lassen, jetzt verschlang er die Äpfel gierig.

Ein Marktbeschicker sah, dass Oskar wirklich ausgehungert war. »He, du da mit den gammeligen Äpfeln, komm mal her, fass mit an und dreh den Wagen mit um. Und dann nimm hier die Brötchen. Morgen kann ich die sowieso nicht mehr verkaufen.«

Oskar half, nahm die Tüte mit Brötchen und bedankte sich. Am Rande des Marktes war ein Hydrant, dessen Schlauchanschluss nicht ganz dicht war. Oskar fing das Wasser mit den hohlen Händen auf und trank. Jetzt rutschten die trockenen Brötchen besser und der unerträgliche Durst verging. Geld zum Telefonieren hatte er immer noch nicht und in Hamburg war längst Dienstschluss.

Oskar ging den Weg zurück. Dort waren noch immer die Bettler. Er ging auf sie zu und fragte, wo sie übernachten würden. Sie sagten es ihm aber auch, dass dort für ihn kein Platz mehr sei, und er solle es doch in der Tiefgarage des Kaufhauses versuchen, dort sei es wenigstens trocken und nicht windig.

Oskar schlief schlecht auf dem harten Beton. Er war ja so etwas nicht gewohnt.

Wieder stand er hungrig und bettelnd am Straßenrand. Nachmittags fing es an zu regnen, aber er hatte genug Geld zusammen. Als er in einer Telefonzelle gerade das Geld eingeworfen hatte und auf die Verbindung wartete, zog ihn ein grobschlächtiger Mann wieder hinaus und beschimpfte ihn, er solle sich woanders unterstellen, dieses sei eine Telefonzelle und keine Obdachlosenunterkunft.

Das Geld war weg, der Markt wurde an diesem Tag nicht beschickt, der Magen knurrte, die Beine schmerzten. Verzweifelt verkroch sich Oskar wieder in der geschützten Tiefgarage. Erst konnte er vor Hunger nicht einschlafen und dann verschlief er am nächsten Morgen.

Oskar wurde mit einem Fußtritt unsanft geweckt. Was heißt geweckt? Er bewegte sich zwar, aber so wach, dass er denken und verständlich reden konnte, wurde er nicht. Als er lallte, dass er Staatsanwalt sei, glaubte jemand, er sei betrunken. Ein anderer roch seinen Atem und meinte: »Nein, betrunken ist der nicht, der hat nur 'nen kleinen Napoleonkomplex. Der gehört in die Klapsmühle!«

Als Oskar »Klapsmühle« hörte, bäumte er sich heftig dagegen auf. Aber gerade das bestärkte die Meinung, dass er dort hingehörte.

Die Ambulanz kam, Oskar wehrte sich und kam in die Zwangsjacke.

Die Woche war herum, und als Sibylle morgens aus dem Fenster sah, stand der Mercedes vor der Hütte. Das sollte sicher bedeuten, dass sie sich um Oskar kümmern dürfe.

Ihr war ziemlich mulmig bei dem Gedanken, sich an das Steuer von Oskars Heiligtum zu setzen. Und es war immerhin fast zehn Jahre her, dass sie hatte fahren dürfen. Aber was half es? Wie sollte sie von hier fort und nach Wien kommen? Sie überlegte. Die ersten Kilometer brauchte sie doch nur auf den Weg zu achten, ein anderes Fahrzeug würde ihr kaum begegnen und die anschließende Chaussee war auch verkehrsarm. Aber dann? Ach was, dann war sie schon wieder sicherer. Also los, Oskar brauchte sie!

Sibylle kam heil in Wien an, fand eine Polizeiwache, schilderte den Vorfall und zeigte Oskars Papiere, die im Wagen gelegen hatten. Sie erreichte, dass man zunächst einmal per Telefon im Polizeiapparat nach einem Hinweis auf Oskar suchte. Die Wache, bei der Oskar eingesperrt gewesen war, meldete sich, konnte aber nichts über seinen weiteren Verbleib sagen.

Wenn er nicht noch einmal bei der Polizei aufgetaucht war, war ihm vielleicht irgendetwas passiert. Man forschte bei den Krankentransporten nach und richtig, dort konnte sich eine Besatzung an einen armen Irren erinnern, der immer etwas von »Staatsanwalt Schulz aus Hamburg« gefaselt hatte. Ja, der sei in der Anstalt abgeliefert worden.

Sibylle atmete auf. Die Gendarmen riefen in der Anstalt an. Ja, der Patient sei auf dem Weg der Besserung. Er sei auch nicht gefährlich, nicht mehr. Nach anfänglichen Tobsuchtsanfällen, die ohnehin bei seinem schlechten Ernährungszustand nicht besonders gefährlich waren, habe der Patient gut auf Tabletten angesprochen, sich beruhigt und nur noch wirres Zeug vom Staatsanwalt und so geredet.

Sibylle fuhr mit einem Gendarmen als Führer zu der Anstalt und sie konnte die Ärzte überzeugen, dass der Patient tatsächlich Staatsanwalt in Hamburg sei und völlig normal.

Den Rest des Urlaubs brauchte Oskar, um sich von dem Erlebten zu erholen.

Die Kollegen in Hamburg erkannten ihn nur am Aussehen wieder.

Ein falsches Spiel

Nein, das Schicksal hatte es mit Sven nicht gut gemeint.

Sein Vater war Seemann. Vollmatrose, wie Claudia, Svens Mutter, meinte. Jedenfalls war er Seemann und randvoll, als sie ihn kennenlernte. So voll wie sein Portemonnaie zu der Zeit. Und als er aus ihrem Leben wieder verschwand, war er es auch – im Gegensatz zu seinem Portemonnaie. Schade, dass nicht einmal 24 Stunden dazwischen lagen. Aber sie hatten zusammen viel Spaß gehabt.

Sven bekam seinen Vater nie zu sehen, Claudia musste Sven und sich allein durchbringen. Gelernt hatte sie nichts, eine Schönheit war sie auch nicht, und so waren die Herren, die sie besuchten, meistens keine Herren, nur Männer, hatten selbst wenig Geld und Claudia musste dieses Manko durch Mehrarbeit ausgleichen. Aus Kummer hierüber war Claudia immer mehr oder weniger betrunken. Meistens mehr.

In der Schule hatte Sven wenige Freunde, unter den Lehrern schon gar nicht. Und auch er versuchte diesen Mangel durch Mehrarbeit auszugleichen. Er wiederholte fast jede Klasse. Nach dieser Einleitung war sein Weg ins Leben eigentlich klar vorgezeichnet. Selbst wenn er ein gutbürgerliches Leben hätte führen wollen, wer hätte ihm schon eine Chance dafür gegeben?

Sven wuchs zu einem sportlichen Hünen heran, war nicht zimperlich und somit gerade der richtige Typ als Türsteher und Rausschmeißer auf der Reeperbahn.

Einmal widersprach ihm doch jemand.

Sven führte danach zu seinem Leidwesen einige Monate ein sehr geregeltes Leben, aber danach bekam er in seinem Beruf sofort wieder eine Anstellung.

Eines Abends trat ein älterer, gut gekleideter Herr auf ihn zu. »Verzeihung, bester Mann, ich hätte da eine Frage an Sie. Wären Sie an einer besseren und vor allem besser bezahlten Stellung interessiert?«

»Mensch, Opa, sech dat noch mol. Ick hev di wohl nich verstohn.«

»Ob Sie eine besser bezahlte und weniger gefährliche Arbeit haben möchten. Sie können doch sicher mehr als nur hier herumstehen?!«

»Na klor!« Dann schaltete Sven auf eine Sprache um, die er für Hochdeutsch hielt. »Frag'n könn' Se stell'n. Wat soll'n dat für 'ne Aabeit sein?«

»Bodyguard. Leibwächter für eine wohlhabende Dame mittleren Alters, die im Dunkeln nicht gern allein gehen möchte. Das wäre doch sicher etwas für Sie. Die Dame wohnt allerdings am anderen Ende der Stadt. Aber Sie würden sich sicher in einer solchen Stellung und in einer Villa wohler fühlen als hier. Meinen Sie nicht auch?«

»Wat betohlt – äh, was bezahlt sie denn?«

Ja, so hatte das angefangen mit Svens neuem Leben.

Nachdem der feine Herr ihm die Bedingungen genannt und die Angelegenheit dringend gemacht hatte, überlegte Sven nicht lange, obwohl ihm die schleimige Art des Herrn gegen den Strich ging. Er brach einen Streit mit seinem Chef vom Zaun, zog ohne eine Adresse zu hinterlassen und ohne Abschied von seinen Freunden weg und trat am nächsten Tag seine neue Stellung in einem noblen Villenvorort an.

Das war vor einem halben Jahr gewesen.

Sven zerbrach sich gerade den Kopf darüber, was er eigentlich bei der feinen Dame, bei Frau Reinhardt, solle. Feinde? Davon hatte er noch nichts gemerkt. War auch kaum vorstellbar, dass ein so liebenswürdiger Mensch Feinde haben sollte. Sie hatte ihn unter ihre Fittiche genommen, ihm ohne erhobenen Zeigefinger ordentliche Umgangsformen und eine bessere Sprache beigebracht, hatte einen ganz anderen Menschen aus ihm gemacht. Frau Reinhardt war der erste Mensch in Svens Leben, der ihm ein echtes Selbstwertgefühl gab.

Angst? Auch davon hatte er bei seiner Schutzbefohlenen nichts gespürt. Aber jetzt hörte Sven, wie der unsympathische Herr, der ihm diese Stellung verschafft hatte, ihr Rechtsanwalt, wie Sven inzwischen erfahren hatte, auf Frau Reinhardt einredete, dass ihr Mann eventuell … Aber solange die Scheidung noch nicht ausgesprochen sei, wäre ihr Mann alleiniger Erbe … Zehn Prozent ihres Vermögens seien viel Geld für einen Killer … mit viel weniger zufrieden gewesen …

»Aha!«, dachte Sven. »Sie hat also doch einen Feind, und der kann einen teuren Berufskiller bezahlen. Das kann auch für dich gefährlich werden! Sven, pass auf!«

Die nächste Zeit schlief Sven schlecht. Bei jedem Geräusch erwachte er und hinter jedem Busch sah er einen Feind lauern. Es war nicht auszuhalten.

Ein paar Wochen später, Sven war drauf und dran zu verschwinden, trat der feine Herr abermals auf ihn zu: »Junger Mann, Sie möchten doch sicher noch mehr, noch viel mehr Geld verdienen?!«

»Sie nicht?«, antwortete Sven mit unbewegtem Gesicht. Er hatte da so einen Verdacht, der ihn geradezu erleichterte.

»Und zimperlich waren Sie doch auch nie.«

»Wieso?«

»Viele Chancen, reich zu werden, haben Sie ja nicht gerade, da müssten Sie doch jedes Angebot nutzen.«

»Was soll das Gerede?«

»Sie können doch sicher einen Menschen sterben sehen.«

»Na ja! Das Fernsehen härtet ab.«

»Ich meine live! 100 000 bar auf die Hand. Sie haben doch die nötigen Beziehungen.«

»Mark oder Euro? Und wen?«, fragte Sven, obwohl er die Antwort ahnte.

»Die gnädige Frau!«

»Ach so. Wann?«

»Sie wird an einem Sonntag zu einem Fest geladen in einem Haus mit Tiefgarage. Sie bekommen von mir rechtzeitig die Eintrittskarten. Es muss wie ein Unfall aussehen.«

»Aber das kostet! 100 000 Mark? Muss ich mir überlegen.«

»Aber nicht zu lange! Und denken Sie daran, zu niemandem ein Wort! Mir würde man sowieso eher glauben als einer vorbestraften Person mit fragwürdiger Herkunft, die nach einem Streit vor ihren Freunden geflüchtet ist. Außerdem habe ich Frau Reinhardt gewarnt.«

»Schweinehund!«, sagte Sven und er wusste jetzt genau, dass die Wahl des Rechtsanwaltes nicht zufällig auf ihn als »Beschützer« für Frau Reinhardt gefallen war. Der saubere Herr ließ Sven mit seinen Gedanken allein.

Sven war jetzt, wo er den Plan kannte, schon wohler und er sinnierte: »Recht hat er ja, dieser Strolch! Wer würde mir schon glauben, wenn ich über einen angesehenen Rechtsverdreher …? Und das Geld? Wie viele Jahre müsste ich dafür arbeiten? Bei Frau Reinhardt habe ich zwar nichts auszustehen, aber 100 000 Mark? Das würde völlige Freiheit bedeuten! Wenigstens für ein paar Jahre. Aber Mord? Und dann an Frau Reinhardt? Nein, zimperlich war ich noch nie, aber es ist schon ein Unterschied, ob ich jemanden verprügele, selbst wenn der dann krankenhausreif ist, oder ob ich ihn umbringe. Und dann ausgerechnet Frau Reinhardt! Es muss doch eine Lösung geben, die das Nützliche mit dem Angenehmen verbindet.«

Sven grübelte am Abend lange, dann hatte er eine Lösung nach seinem Geschmack gefunden und beruhigt schlief er ein.

Sven telefonierte mit einem alten Bekannten. Ja, er würde helfen, wenn er das genaue Wo und Wann wüsste. Darauf vereinbarte Sven einen Termin mit dem Rechtsanwalt. Dort einigte er sich darauf, dass das Geld, zehn Prozent des Gesamtvermögens der Frau Reinhardt, als »Erbe« auf ein Konto in der Schweiz eingezahlt würde. Die Bestätigung würde er von einem Schweizer Advokaten bekommen, das Codewort für den Zugriff bekäme er bei der Testamentseröffnung. Dafür hätte er das vorzeitige Ableben seiner Schutzbefohlenen so zu organisieren, dass kein Verdacht jemals auf Herrn Reinhardt oder den Rechtsanwalt fallen würde. Sven war mit der Summe und den Sicherungsmaßnahmen einverstanden. Keiner konnte so den anderen betrügen.

Frau Reinhardt staunte nicht schlecht, als Sven ihr eines Morgens die Eintrittskarten für eine Wohltätigkeitsveranstaltung »mit den besten Wünschen von Herrn Rechtsanwalt von Blättersdorff« überreichte und sie zugleich in den großen Salon »zu einer Besprechung für die Vorbereitungen zum Fest« bat.

»Aber das Fest findet doch nicht hier statt, also wozu Vorbereitungen?«

»Kommen Sie bitte, gnädige Frau, Sie werden erwartet.«

Es gab dann eine lange Unterhaltung zwischen Frau Reinhardt, ihrem Beschützer und seinem alten Bekannten, einem Herrn, der eher unauffällig zu nennen war.

Ganz wohl war Frau Reinhardt danach allerdings nicht.

Trotz aller Bedenken ging Frau Reinhardt zu der Wohltätigkeitsveranstaltung. Ihr Schmuck glitzerte selbst im trüben Licht der Tiefgarage verlockend.

Im finsteren Gang zum Fahrstuhl geschah es dann. Schüsse peitschten, Schreien, Röcheln, ein davonrasender Wagen. Stille.

Was nützte es, dass die Polizei wenige Minuten nach den Journalisten eintraf?

Frau Reinhardt und Sven lagen verletzt in ihrem Blut, der Schmuck war weg, von den Tätern keine Spur.

Frau Reinhardt, so schrieb die Presse zu den furchtbaren Fotos, erlag noch in der Nacht ihren Verletzungen.

Sven konnte nach einer gründlichen Untersuchung und einer Beruhigungsspritze das Krankenhaus verlassen. Es war bei ihm mehr der Schock als die Verletzung, ein harmloser Streifschuss.

Die Versicherung setzte eine hohe Belohnung für die Wiederbeschaffung des Schmucks aus.

Sven erschien zur Testamentseröffnung, lernte Herrn Reinhardt, einen arroganten, feisten Lebemann, kennen. Nein, da bedauerte Sven nichts.

Schon kurze Zeit später verließ er das Anwaltsbüro wieder, den handgeschriebenen Zettel mit dem Codewort in der Hand.

Vor der Tür begegnete er einigen Personen, die nicht zu der Testamentseröffnung geladen waren, darunter der unauffällige Herr.

Da Sven die Tür noch nicht geschlossen hatte, drehte er sich um, ging zurück und meldete dem Herrn Rechtsanwalt und seinem Mandanten die Ankunft der ungeladenen Besucher: »Darf ich vorstellen: Kriminalhauptkommissar Ratjen. Eine alte Beziehung verbindet uns.«

Frau Reinhardt mischte sich ein: »Herr Rechtsanwalt, darf ich mein neuestes Testament einmal sehen? Danke. Wirklich eine ausgezeichnet gelungene Fälschung!« Dann klickten die Handschellen und Hauptkommissar Ratjen bestätigte Sven: »Sie haben recht Wenn Sie mir gleich gesagt hätten, wer Ihnen das Angebot gemacht hat, hätte ich Sie ausgelacht. Aber so muss ich Ihnen ja glauben.«

Der Herr Rechtsanwalt musste auf seine 20 Prozent vom Erbe des Herrn Reinhardt verzichten, er hatte nur die Auslagen für das Konto in der Schweiz.

Aber dennoch brauchte er sich, ebenso wie Herr Reinhardt, für die nächsten Jahre keine Sorgen um seinen Lebensunterhalt zu machen. Die beiden durften wegen einiger trotz aller Raffinesse unwiderlegbar bewiesener Delikte schwedische Gardinen betrachten.

Sven begnügte sich mit der gut bezahlten Stellung bei Frau Reinhardt und dem Geld in der Schweiz, den sittenwidrigen Vertrag brauchte er nicht einzuhalten.

Nur die Presse musste die voreilige Meldung vom Ableben der Frau Reinhardt dementieren, aber dafür hatte sie jetzt ja eine andere Sensationsmeldung.

Und die Versicherung sparte die hohe Belohnung für den Schmuck, der an diesem Abend ohnehin falsch gewesen war.

Ein freundlicher Herr

Der Sheriff von Trippelkut rieb sich beim Erwachen die Augen und gähnte herzhaft. Als er aber den Versuch machte, die Geschehnisse der letzten Tage zu überdenken, stöhnte er auf und wollte lieber weiterschlafen. Nein, was er da erlebt hatte, war so unglaublich, dass es einfach nicht in seinen Kopf ging.

Was so Dramatisches geschehen war?

Ein Gerichtsvollzieher ging seit drei Tagen in Trippelkut seiner Arbeit nach, kassierte oder pfändete, wie es gerade sein musste. Einfach so.

Das ist doch nichts Ungewöhnliches, meinen Sie? Für Trippelkut schon!

Niemand, auch nicht der älteste Einwohner des Ortes, konnte sich an ein solches Ereignis erinnern. Nicht, dass es für einen Gerichtsvollzieher in diesem Räubernest keine Arbeit gegeben hätte, im Gegenteil! Es hatte nur niemand die Arbeit gemacht.

Gekommen war schon ab und an jemand, der sich als Gerichtsvollzieher ausgegeben hatte; meist wandelnde Geldschränke, oder andere Respekt einflößende Gestalten, nur tätig wurde nie einer von ihnen, und das lag daran, dass ...

Aber lassen Sie mich der Reihe nach berichten.

Also, vor ein paar Tagen hatte der Sheriff die Nachricht bekommen, dass sich wieder einmal jemand traue, als Gerichtsvollzieher nach Trippelkut zu kommen. Als er dann am nächsten Tag zur Postkutsche kam, um den Gerichtsvollzieher zu begrüßen – er machte das immer so, nicht aus Sympathie einer anderen Amtsperson gegenüber, sondern um ihn später leichter identifizieren zu können –, hielt er zunächst vergebens Ausschau. Er hatte wie immer einen Mann erwartet, der ohne Mühe ein Klavier oder einen Geldschrank stemmen konnte. Aber als die wenigen Fahrgäste sich entfernt hatten, blieb nur ein schmächtiges Kerlchen übrig. Der Städter trug einen tadellos sitzenden Maßanzug mit messerscharfen Bügelfalten. Er war ein Vertreter jener Rasse, die der Welt stets die Zähne zeigt – mit einem freundlichen Lächeln.

Den Sheriff überkam tiefes Mitleid, und er begann bereits im Geiste seine Meldung zu formulieren, als er von dem freundlich lächelnden Herrn nach einem guten Gasthof gefragt wurde.

»Äh, ja«, schreckte der Angesprochene aus seinen Gedanken auf, »hier gleich um die Ecke ist Billy's Saloon. Dort gibt es Gästezimmer. Ob es dort gut ist, weiß ich nicht. Aber es ist das Einzige hier im Ort, was man als Gasthof bezeichnen könnte.«

Selbstverständlich hatte es sich bald im Ort herumgesprochen, dass in Billy's Saloon ein Fremder zu Gast war, der die Absicht hatte, als Gerichtsvollzieher tätig zu werden. Unglaublich, aber wahr.

Der Abend kam und die Kneipe hatte sich mit Gestalten gefüllt, die selbst in Trippelkut als verwegen galten. Mitten unter ihnen stand der freundliche kleine Herr mit der unfreundlichen Aufgabe, lächelte wie immer und war völlig ahnungslos, welches Unheil sich hinter seinem schmalen Rücken zusammenbraute. Alle seine großen, starken Vorgänger lagen auf dem Friedhof. Sie hatten zu unvorsichtig mit dem Revolver hantiert und sich dabei eine Bleivergiftung zugezogen.

Immer wieder zwängte sich Lilli, die reizende Kellnerin, durch das Gewühl an dem Gerichtsvollzieher vorbei, und als er ihr vielsagendes Lächeln mit einem Augenzwinkern erwiderte, nahm das Schicksal seinen Lauf.

Im nächsten Moment stand der hünenhafte Narben-Jim vor dem schmächtigen Fremden. »Das ist meine Braut, du Strolch! Dir werd ich's zeigen!«, brüllte er, holte aus, schlug zu und verschwand so schnell und leise, dass niemand richtig mitbekam, was tatsächlich geschehen war. Jeder glaubte, es sei alles in Ordnung, packte die Gelegenheit beim Schopf und amüsierte sich nach Kräften.

Es wurde eine herrliche Keilerei, wie schon lange nicht mehr.

Nachdem wieder Ruhe eingekehrt war und man nur noch das Stöhnen der Verletzten hörte, traf der Sheriff ein, um Bestandsaufnahme zu machen.

Zunächst befreite man Narben-Jim, der vom Kopf bis zu den Schultern in der Verkleidung der Theke steckte, aus seiner misslichen Lage. Er war mit viel zu viel Schwung auf einen Jiu-Jitsu-Kämpfer losgegangen. Dann renkten sie Messer-Jack einen Arm wieder ein. Er hatte dem Fremden doch nur sein Messer zeigen wollen. Sie hakten auch Revolver-Gerry, das schmale Hemd, mit dem Bein aus dem Kronleuchter. Nein, er war dem Fremden nicht zu nahe gekommen, das musste ein anderer bewerkstelligt haben.

Der Sheriff zählte noch drei Bein- und fünf Armbrüche, aber zum Glück keine ernsten Verletzungen. Es war endlich einmal wieder etwas los gewesen in diesem verschlafenen Nest. Nach dem Fremden suchten sie jedoch vergeblich. Nicht einmal auf dem Gardinenbrett lag seine schmale Gestalt.

Traurig sagte der Sheriff zu Bill, dem Wirt: »Dann muss ich wohl seine Angehörigen verständigen. Aber dafür brauche ich seine Heimatanschrift. Er wird doch irgendetwas auf dem Zimmer haben.«

Als der Wirt die Tür zum Gästezimmer öffnete, prallte er zurück: Dort saß der Gesuchte in seinem tadellosen Maßanzug mit den messerscharfen Bügelfalten auf einem Stuhl und las ein Buch, als sei nichts geschehen.

Anderntags ging der Gerichtsvollzieher seiner Tätigkeit wie selbstverständlich nach, der Sheriff aber fing an zu trinken.

Er verstand die Welt nicht mehr. Die stärksten Männer lagen auf dem Friedhof, und dieser Hänfling?

Einträgliche Geschäfte

Es war einer der drei Sommertage, die der März uns als Vorboten der kommenden warmen Jahreszeit schenkt, und ich hatte Zeit, ihn zu genießen. Ich schlenderte durch den Stadtpark, bewunderte die Frühlingsblumen, das erste zarte Grün, und als meine Beine müde wurden, setzte ich mich zu einem älteren Herrn auf eine Bank.

Der Herr machte mich auf ein paar abgebrochene Zweige aufmerksam und meinte: »Einsperren sollte man dieses Ungeziefer!«

»Meinen Sie, dass das Gefängnis einen Menschen bessert?«, fragte ich.

»Was denn sonst?«, fragte er ungehalten zurück.

»Nach meiner Erfahrung lernen die Verbrecher dort zukünftige Komplizen und etliche Tricks kennen.«

»Ach, Sie kennen sich da aus. Hätt' ich mir doch gleich denken können«, sagte er schon recht zornig und stand auf.

»Ja, ich bin Gefängnisseelsorger, da kenne ich mich mit den Problemen dieser Menschen aus«, sagte ich.

Mein Banknachbar zögerte und drehte sich um. »Seelsorger? Im Gefängnis? Verzeihung, ich hatte an etwas anderes gedacht.« Er kam zurück, setzte sich wieder, entschuldigte sich noch einmal und fragte dann: »Da haben Sie sicher interessante Geschichten erfahren?«

»Wie man's nimmt«, erwiderte ich.

»Erzählen Sie doch mal.«

»Na, gut, ein Schicksal. Nennen wir ihn Klaus Marschner. Sein Geschäftsgebaren nahm sich schon seltsam aus. Klaus bezog Waren ganz offiziell vom Großhandel gegen Vorkasse, ließ sie in einen Lagerraum liefern und verkaufte sie zur Geschäftseröffnung spottbillig, absolut konkurrenzlos. Sein Lager war immer schnell geräumt, und wenn jemand wegen der Preise fragen sollte, ob es sich eventuell um Diebesgut handele, konnte Herr Marschner ohne Zögern Bestellschein und bezahlte Rechnung zeigen. Es war eben Geschäftseröffnung. ›Um Kunden werben kostet nun mal Geld und die Mehrwertsteuer kann ich als Händler absetzen‹, war seine Rede. Selbstverständlich verkaufte Herr Marschner auch auf Raten. Und er hatte nichts gegen viele kleine Raten, im Gegenteil, er animierte seine Kunden geradezu zum Ratenkauf und war dann sehr kulant, verlangte kaum einen Aufschlag. Und er lieferte auf Wunsch sogar noch frei Haus, allerdings nur zum Wochenende.«

»Konnte der zaubern?«, fragte mein Zuhörer.

»Nein, er war keineswegs ein Zauberer. Und ein Philanthrop, ein Menschenfreund, war er schon gar nicht. Er liebte sein Leben, nicht das der anderen. Mal sechs Wochen Mallorca, mal zwei Monate Tahiti, ein Vierteljahr Karibik. Und nicht irgendein billiges Quartier oder am warmen Strand, nein, Luxushotel! Es kam ihm gar nicht auf die Kosten an, er verdiente das Geld ja mit seinem Handel. Das Geld reichte auch für seine vielen Umzüge, denn nach jeder ›Geschäftseröffnung‹ zog er in eine andere Stadt.«

Mein Zuhörer unterbrach mich: »Aber das geht doch gar nicht. Der kann doch nicht davon leben, dass er zusetzt!«

»Es war aber so, ich weiß es von ihm. Das ist auch nur auf den ersten Blick rätselhaft, denn so ganz ohne Aufschlag verkaufte Herr Marschner seine Waren auch nicht, aber das merkten seine Kunden erst, wenn er sich schon längst unter südlicher Sonne von seinen Strapazen erholte. Womit er sein Geld verdiente? Ganz einfach, bei jedem Ratenkauf ließ er sich Wechsel ausschreiben. Für den Restbetrag nach jeder Rate einen. Wenn also ein Kunde einen Artikel für 1000 DM auf 20 Raten à 50 DM kaufte und 50 DM anzahlte, dann lautete der erste Wechsel auf 950 DM, der zweite auf 900 DM, der dritte auf 850 DM und so weiter. Diese Wechsel hinterlegte er bei verschiedenen Banken als Sicherheit für seinen Kredit, und wenn er die Raten nicht zahlte, holten sich die Banken ihr Geld von den Ausstellern der Wechsel, bei Herrn Marschners Kunden also. Aber seine Kunden konnten sicher sein, dass es sich nicht um Hehlerware handelte.«

»Na, dann lieber Hehlerware! Die muss ich zurückgeben, wenn's rauskommt, aber das sind bei dem Beispiel Wechsel für fast 10 000 Mark! Mein Gott.«

»Ja, das hat manchen armen Menschen ruiniert. Heute würde sein Trick allerdings kaum noch funktionieren. Die Banken sind vorsichtiger geworden und die Computer machen die Kontrolle leicht. Sie stehen untereinander in Verbindung. Vernetzt nennt man das wohl.«

»Aber solche Leute ...«

»... tragen bis auf ganz seltene Ausnahmen, genau wie wir alle auch, die Veranlagung zu ehrlicher Arbeit in sich. Sie kommen meistens durch schlechte Beispiele auf die schiefe Bahn. Klaus Marschner war ein überaus intelligenter Bursche, der bei der richtigen Erziehung ohne Weiteres Bankdirektor hätte werden können. Das Zeug dazu hatte er und er sah aus wie ein Playboy: mittelgroß, dunkles, gepflegtes Haar, braune Augen und die Figur eines durchtrainierten Sportlers. Aber seine Erziehung bestand in Bierholen für den Vater, einem unrettbaren und brutalen Alkoholiker, und in Prügeleinstecken, wenn er nicht genug zusammengestohlen hatte. Die Mutter war zu schwach, sich und die Kinder aus dieser Ehe zu befreien. Was erwarten Sie, was aus solchen Kindern wird? Unsere Gesellschaft verurteilt, was dabei herauskommt, aber wie und wem hilft sie rechtzeitig?«

»Ja, aber man darf sich doch nicht in Familienangelegenheiten einmischen.«

»Nein, man muss tatenlos zusehen, wenn ein Säufer Frau und Kinder erschlägt. Ist ja seine Familie. Nein, das hat nichts mit Respekt vor der Freiheit anderer zu tun, sondern mit Gleichgültigkeit, Bequemlichkeit, wenn nicht gar mit Feigheit! Klaus hat mir kurz vor seiner Entlassung seine Geschichte erzählt und ich will versuchen, sie mit seinen Worten wiederzugeben. Er sagte mir: ›Als Junge habe ich viel Not, Armut und Gewalt kennengelernt. Oft konnte ich vor Hunger nicht einschlafen, oder vor Schmerzen von den Prügeln. Und manches Mal nicht, weil meine Mutter so schrie, wenn der Alte sie verprügelte. Die Nachbarn hat das nicht gekümmert, die mischten sich nicht ein.‹«

»Obwohl die in ihrer Ruhe gestört waren? Na ja! Wenn man die Polizei deswegen ruft, hat man nachher noch Schwierigkeiten. Verleumdung und so. Die Frau sagt ja aus Angst vor ihrem Mann nichts.«

»Das war einmal. Seit ein paar Jahren hat die Polizei mehr Befugnisse in dieser Hinsicht. Wenn sie einen Verdacht begründen kann, darf sie die Frau gegen ihren Willen zur ärztlichen Untersuchung in ein Krankenhaus bringen, weil sie in Gegenwart ihres Mannes ihren Willen nicht frei äußern kann.

Aber weiter mit Klaus: ›Damals habe ich mir geschworen, wenn ich groß bin, will ich nie wieder Not leiden. Das ist mir ja auch eine ganze Weile recht gut gelungen. Geschäfte machte ich schon als Schulkind, um meinen Lebensstandard zu verbessern. Ein gut belegtes Schulbrot gegen eine gestohlene Pudelmütze, eine irgendwo abgeschraubte Fahrradklingel gegen ein Päckchen Kaugummi. Ich dachte, das wäre ganz normal, und die anderen machten es genauso. Als ich größer wurde, machte ich größere Geschäfte mit größerem Risiko und größerem Gewinn. Erwischt wurde ich nie, weil ich immer sehr aufmerksam war. Als Erwachsener hörte ich von der Masche mit den Wechseln. Ich habe dann von der Unerfahrenheit und Gutgläubigkeit vieler Menschen profitiert und lange Zeit recht komfortabel gelebt. Ob ich die Zeit hier zum Nachdenken genutzt habe, wage ich nicht zu beurteilen. Mir ist jedoch klar, fair war das nicht. Aber was hatte ich denn gelernt? Wer hätte mir denn eine einigermaßen ordentlich bezahlte Stellung gegeben? Sie? Keine Antwort ist auch eine Antwort.‹ Klaus machte eine Pause und seufzte hörbar. Irgendwie belastete ihn die Vorstellung offenbar doch, dass er anderen, einfachen Menschen geschadet hatte.«

»Dann hatte er wohl doch einen Rest von Gewissen.«

»Ja, das Gefühl hatte ich auch. Aber weiter. Nach dieser Pause fuhr er mit fester Stimme fort: ›Aber dann hat mich Kommissar Zufall erwischt. Ich weiß es noch, als sei es gestern geschehen. Ich hatte das letzte Stück, einen bildschönen türkischen Seidenteppich, am Mühlenkamp in Winterhude abgeliefert. Büro und Lager hatte ich bereits am Tag zuvor geräumt, die Koffer waren am Flugplatz, die Tickets in meiner Tasche. Ich war gerade dabei, das Hotelzimmer zu verlassen, als das Telefon klingelte. Ich dachte, es sei der Service, und hob ab. Hätte ich das bloß nicht getan! Eine alte Dame rief an, ob sie die Ratenzahlung auch in Barzahlung umwandeln könne. Ich solle mal mit ihrem Sohn sprechen, der gerade neben ihr stünde. Und dann meldete sich auch schon eine tiefe Männerstimme: ›Ich möchte den Teppich gern bar bezahlen. Ich habe überraschend ein sehr gutes Geschäft gemacht und möchte meiner Mutter die Freude bereiten und ihr den Teppich schenken. Wann und wo kann ich Sie erreichen?‹ So etwas kann natürlich passieren. Trotzdem schrillten bei mir die Alarmglocken. Woher hatte die alte Dame meine Telefonnummer? Ich hatte in dieser Stadt noch nie gearbeitet, es konnte mich also niemand kennen, und auf den Geschäftspapieren stand nur die Nummer meines Büros. Ich log dem Mann vor, dass ich in etwa zwei Stunden vorbeikommen könne. Ob es ihm passe? Er bejahte das. Mir fiel ein Stein vom Herzen. In einer Stunde sollte mein Flug nach Frankfurt starten. Am Montag würde ich dort rasch meine Geldgeschäfte abwickeln und dann ab in die Karibik. Ich freute mich auf das Leben unter Palmen und hoffte auf Dolores. So hieß die Kleine mit den Glutaugen, der samtig braunen Haut und der erotischen Ausstrahlung. Sie war ein richtiges Rasseweib, eine Frau wie ein Vulkan. Ich überlegte, ob sie noch immer in der kleinen schmuddeligen Bar sang.‹

Klaus Marschner träumte anscheinend mit offenen Augen, ich störte ihn nicht. Dann zuckte er plötzlich zusammen, als ob man ihn bei etwas Verbotenem ertappt hatte, und fuhr mit dem Erzählen fort: ›Ich nahm meinen Aktenkoffer und verließ das Zimmer. Ich wollte zum Taxenstand am Jungfernstieg, wollte noch einmal die Alster sehen, wie sie im Sonnenlicht wie ein heller Smaragd strahlt. Wie gern hatte ich auf der Terrasse des Alsterpavillons gesessen und das herrliche Panorama genossen. Am Abend grüßten die Lichter der alten Lombardsbrücke herüber und die Alsterdampfer glitten geschmückt mit bunten Lampions durch die Dunkelheit. Übrigens, auch ein Spaziergang an der Elbe bei Nienstedten, wo die alten Kapitänshäuser stehen, ist herrlich. Oh ja, ich finde Hamburg sehr schön, ich habe die Stadt in den paar Wochen meiner Tätigkeit lieb gewonnen. Hier könnte ich richtig zu Hause sein. Natürlich nicht hier im Gefängnis! Aber ein paar Jahre muss ich hier ja wohl noch aushalten, wenn man mich nicht wegen guter Führung früher entlässt. Ich kam also in die Halle hinunter, eilte auf den Ausgang zu, als ein freundlicher Herr auf mich zutrat und mich fragte, ob ich Klaus Marschner sei. Ich blieb ganz verdattert stehen. ›Wieso fragt der mich? Hier kennt mich doch keiner unter diesem Namen.‹ Dann zog er eine Blechmarke, während ein paar Muskelpakete aus verschiedenen Richtungen auf mich zutraten. ›Kriminalkommissar Rieste‹, stellte er sich vor und fuhr fort: ›Klaus Marschner, alias Klaus Schröder, alias Klaas Worren, alias Marcello Togani, alias – ach, lassen wir den Rest, 's wär' abendfüllend. Sie sind verhaftet wegen fortgesetzten Betruges.‹ Ich war starr vor Schreck. ›Die Stimme kenne ich doch‹, dachte ich. ›Das ist doch der Sohn von der alten Frau Wiese, mit dem ich gerade eben gesprochen habe. Wie kommt denn der so schnell hier her?‹ Dann sah ich die alte Frau im Sessel. Die Stimme des Kommissars riss mich aus meinen Gedanken. ›Wir sind Ihnen schon lange auf der Spur, aber INTERPOL sind Sie ja immer wieder entwischt. Nur dieser alten Dame nicht. Die hat Sie wiedererkannt. Der haben Sie vor drei Jahren in Berlin einen Teppich so ›günstig‹ verkauft. Sie hat Ihretwegen mit ihrem Blumenladen bankrott gemacht, und weil sie von allen verspottet wurde, ist sie nach Hamburg zu ihrem Sohn gezogen. Wundert es Sie, dass sie Ihr Gesicht nicht vergessen konnte? Das war Ihr Pech. Das Spiel ist aus!‹ Und dann hatte ich auch schon ein paar Handschellen an meinen Handgelenken. ›Bekomme ich nun eine Belohnung, Herr Kriminalrat?‹, fragte Frau Wiese. ›Sie bekommen auf jeden Fall Ihre Wechsel zurück, wenn das Gericht sie nicht mehr braucht‹, antwortete der Beamte. Schnell hatte sich eine große Menschentraube gebildet. Hämische Blicke trafen mich und ich war froh, als ich abgeführt wurde. ›Das war's dann wohl‹, dachte ich und blickte apathisch auf meinen ungewohnten Armschmuck. Mein Aktenkoffer und auch das Gepäck am Flughafen wurden beschlagnahmt. Beweise fand der Staatsanwalt darin reichlich. Es hatte keinen Sinn zu leugnen. Ich tat das auch nicht, es hätte nur das Strafmaß hochgeschraubt. Meine Konten wurden selbstverständlich sofort gesperrt, die Unterlagen waren ja bei den Papieren, die ich dabeihatte.‹ Marschner sah mich mit traurigen Augen an. ›Wenn ich rauskomme, bin ich dann doch arm, was ich nie sein wollte. Schicksal.‹ Dann bekam seine Stimme einen harten, metallischen Klang und seine Augen wurden eng. ›Aber lange wird das nicht dauern, das können Sie mir glauben! Ich weiß jetzt, wie man Geld macht, viel Geld. Und ich bin bald wieder oben. Aber dieses Mal wird das Geld ganz legal verdient. Ich schädige nicht wieder arme Leute. Diese Jungs hier‹, und damit deutete er voller Verachtung auf die Gefängnisbeamten, ›die sehen mich bestimmt nicht wieder.‹«

»Und was ist aus dem Kerl geworden? Haben Sie nach dem Knast wieder etwas von ihm gehört?«

»Ja, habe ich. Wiedergesehen haben ihn die Beamten auch nicht. Er ist vor ein paar Wochen wegen Titelmissbrauchs und Urkundenfälschung in einem anderen Gefängnis gelandet. Aber seine Geschäfte als Immobilienmakler hat er völlig korrekt abgewickelt, da konnte ihm niemand etwas Unrechtes nachweisen. Auch nicht seine neidischen, weil weniger erfolgreichen Kollegen. Nur seine Zeugnisse und seine Titel waren gekauft. Dafür gibt es aber keine so harte Strafe.«

»Das wäre ja auch ungerecht. Wem hat er denn dieses Mal Schaden zugefügt? Ein paar Halsabschneidern hat er Geschäfte abgenommen. Und, sind die verhungert?«

»Ja, so kann man das auch betrachten.«

Die Sonne hatte sich hinter einer Wolke verkrochen und es wurde mir kühl. Meine Beine hatten sich erholt und die Neugier meines Banknachbarn war wohl fürs Erste befriedigt. Ich stand auf und verabschiedete mich.

Auf dem Heimweg grübelte ich darüber nach, ob ich nicht doch den falschen Beruf ergriffen hatte, weil ich immer noch nicht an das ganz große Geld gekommen bin. Geld macht zwar nicht glücklich, aber es erlaubt dem Menschen, auf recht komfortable Weise unglücklich zu sein, wie es einmal ein kluger Kopf ausgedrückt hat. Ja, auch ein Seelsorger hat mitunter ganz profane Gedanken.

Ob Herr Marschner nicht doch in der Schweiz oder sonst irgendwo auf der Welt ein geheimes Konto besitzt? Ich werde es wohl nie erfahren.

Franz Poggenpohl

Franz Poggenpohl war stets ein fröhlicher Mensch gewesen, hatte immer lustige Streiche im Sinn und hasste nur eins: Ungerechtigkeit.

Natürlich hatte es ihn schwer getroffen, als seine Frau vor ein paar Jahren gestorben war; aber dann hatte er sich wieder gefasst, gerade rechtzeitig, um stark zu sein, als seine Tochter bei einem Verkehrsunfall ums Leben kam. Auch diesen Schicksalsschlag hatte er eines Tages überwunden, und er war wieder fast der Alte, stets fröhlich und guter Dinge. Nein, ein Trauerkloß war Franz nie gewesen.

Und auch jetzt warf ihn ein neuer Schicksalsschlag nicht aus der Bahn. Eine Nacht hatte er gegrübelt, warum das Schicksal ihn so hart strafte, aber schließlich hatte er auch darin einen Sinn erkannt. Er sah einen Weg, gegen Ungerechtigkeit zu kämpfen, ein klein wenig nur, aber immerhin, und der Gedanke stimmte ihn trotz allem fröhlich.

Am nächsten Morgen kaufte er eine Zeitung und schlug sogleich den Anzeigenteil auf. Ja, da war das, was er gesucht hatte. Groß und schreiend sprangen ihm die Anzeigen in die Augen.

Entschlossen machte er sich auf den Weg, verhandelte erfolgreich und kehrte zufrieden heim. Er rief seine Freunde an und organisierte ein großes Fest. Fröhlich feierte man bis zum frühen Morgen, aber über das »Warum« schwieg sich der Gastgeber aus.

Franz war jetzt viel unterwegs und hatte zwischendurch viel zu schreiben, Überweisungen an bedürftige Menschen, an Kindergärten mit schmalem Budget, an notleidende Altentagesstätten, an – ach, an alle möglichen gemeinnützigen Einrichtungen mit chronischem Geldmangel überwies er ein ganzes Vermögen. Dank bekam er dafür nicht, die Leute wussten ja gar nicht, woher das Geld kam, der Absender war fingiert.

Und immer wieder feierte Franz mit seinen Freunden, die sich langsam Sorgen machten, woher er das viele Geld nahm für die Feiern – von dem verschenkten Geld wussten sie ja nichts –, aber Franz beruhigte sie: »Ich habe keine Erben, die auf meinen Tod warten, und bei der Postbank kann ich mein Konto nicht überziehen. Also keine Sorge. Genießt die Feier, es trifft keinen Armen.«

Franz wurde schwächer. Er meldete sich in einem Krankenhaus an und hörte beiläufig, dass eine Schwester Lisa vom Geldverleih Zander arg gerupft worden sei. Schrecklich, diese Ungerechtigkeit!

Franz räumte seine Wohnung auf und ließ alles verschwinden, was an seine Familie und an vergangene Zeiten erinnerte. Kein Notizbuch mit Adressen, keinen Brief mit Absender und schon gar keinen Einzahlungsbeleg ließ er liegen. Er hatte die letzten Jahre allein gelebt, warum sollte etwas bleiben? Aber wenn auch kaum ein Mensch seinem Sarge folgen würde, die Trauer wegen seines Ablebens wäre bei einem guten Dutzend Leuten wirklich ehrlich, da war er sich ganz sicher.

Zwischendurch erledigte Franz noch ein letztes, ein ihm sehr wichtiges Geschäft. Aber dann ging es nicht mehr, er musste ins Krankenhaus. Krebs im letzten Stadium.

Er konnte seine Geschäfte nicht mehr wahrnehmen, und schon bald quoll sein Briefkasten über. Ein Nachbar brachte Franz ein paarmal die Post, aber der legte sie ungeöffnet in die Schublade seines Nachtschrankes. Er fühle sich zu schwach zum Lesen, sagte er nur.

Noch einmal raffte sich Franz auf und schrieb einen Abschiedsbrief an seinen Enkelsohn in Südamerika. Beim nächsten Besuch gab er dem Nachbarn den Brief mit, den solle er in den Briefkasten an der Ecke stecken, im Krankenhaus solle niemand etwas davon erfahren.

Dann kam der Nachbar mit einem Schreiben von einem Rechtsanwalt.

»Mach's auf und lies es mir vor«, sagte Franz.

»Nicht gern, Franz. Moment. Reg dich bitte nicht auf, Franz. Es ist eine Klageandroh...«

Der Nachbar wurde unterbrochen. Franz musste plötzlich lachen und konnte nicht wieder aufhören.

Das war doch nicht normal, ein schwerkranker Mensch lachte ohne Unterlass. Der Nachbar rief Schwester Lisa. Die Schwester kam und Franz lachte immer noch. Dann kam die Oberschwester und schließlich der Stationsarzt. Franz lachte noch immer, wenn auch schon viel schwächer, und er flüsterte dazwischen: »Dass ich das noch erleben durfte!«

Franz lachte weiter, bis sein Kopf zur Seite fiel. Mit einem glücklichen Gesichtsausdruck lag er da. Er war gestorben, wie er gelebt hatte: fröhlich.

Schwester Lisa öffnete die Schublade seines Schrankes, während sie sagte: »Franz – Herr Poggenpohl hat mich gebeten, seine Post an die Absender zurückzuschicken, mit dem Vermerk: ›Empfänger verstorben‹. Mein Gott, die Schublade ist ja voll! Was sind denn das alles für Briefe?«

Sie blätterte. Dann fing sie an zu lachen.

Strafend sah der Arzt sie an, und die Oberschwester tadelte: »Was gibt es denn da zu lachen? Hier ist eben ein Mensch gestorben! Moment, was seh ich da? Geldverleih Zander? Ist das nicht …?«

»Ja, das ist der Kredithai, der mich so ausgenommen hat. Und die anderen Briefe sind von seinen Konkurrenten.«

»So ein Schlitzohr!«, bemerkte der Nachbar, den man völlig vergessen hatte. »Deshalb konnte Franz ein paar Monate so mit dem Geld um sich werfen und große Feiern veranstalten. Die Wucherzinsen spielten für ihn ja keine Rolle, er zahlt sie ja nicht! Ja, Herrschaften, euer Geld ist futsch! Da findet ihr keinen, der euch auch nur einen Pfennig zurückgibt, er war der Letzte seiner Sippe! Aber Franz hatte recht: Es trifft keinen Armen! Und für einen Schabernack war er immer zu haben. Der hat gewusst, dass er nicht mehr lange lebt, und selbst das hat er noch für einen Schabernack genutzt.«

Je später der Abend

Marion war traurig, gestern Abend hatte es Streit gegeben. Werner hatte noch nie viel von ihrem Sport gehalten, aber gestern war er ausgeflippt, weil es etwas länger gedauert hatte und er warten musste.
»Immer dein blödes Training! Wofür brauchst du das? Ich tu dir doch nichts!«
»Du nicht, aber vielleicht jemand anders.«
»Das soll sich mal jemand wagen, dem werd ich's aber zeigen!«
»Ist ja nett von dir, aber du bist auch nicht immer da.«
»Und? Kann ich was dafür, dass ich arbeiten und Überstunden machen muss? Ich hab jedenfalls mehr Zeit für dich als du für mich, bloß wegen diesem blöden Judo!«
So war es eine Weile weitergegangen, ein Wort hatte das andere gegeben, dann war Werner gegangen, und das ganze Haus hatte mitgehört.
Jetzt war die Zeit, wo er kommen konnte – wenn er noch kommen wollte. Wenn sie Werner doch nur überzeugen könnte, wie wichtig dieser Sport für sie war. Es ging ja nicht nur um die Möglichkeit, sich im Bedarfsfall besser wehren zu können, sie blieb durch das Training schlank und gelenkig. Gelenkig in jeder Beziehung, denn dieser Sport forderte den ganzen Menschen, Körper und Geist, und es stärkte auch ihr Selbstwertgefühl, wenn sie ihre Erfolge bei Wettkämpfen sah.
Einmal würde Werner sicher noch kommen. Er hatte noch ein paar Sachen bei ihr, auf die er bestimmt nicht verzichten würde. Das war vielleicht noch eine letzte Chance. Vielleicht würde sie auch schweren Herzens auf ihren geliebten Sport verzichten, wenn Werner darauf bestand. Werner war ihr wichtiger. Sie schreckte aus ihren Gedanken hoch, es hatte geläutet.

Werner!

Sie eilte zur Tür. Vielleicht konnte man sich noch einmal …

Marion hatte die Tür aufgeschlossen, und als sie die Klinke heruntergedrückt, wurde die Tür brutal aufgestoßen, eine Faust packte sie vor der Brust, eine Hand legte sich auf ihren Mund.

»So nicht, mein Freund!«, dachte Marion, während sie automatisch einen Griff ansetzte, sich nach hinten fallen ließ, über den Rücken abrollte und dabei routiniert den ganzen Schwung des Angriffs in eine andere Richtung lenkte. Krachend stieß der Kopf des Angreifers in dem kurzen Flur gegen eine Tür.

»Moment?! Werner hat doch keine schwarze Lederjacke und keinen Strumpf über dem Gesicht«, huschte es durch ihre Gedanken. Blitzartig war Marion über dem Angreifer, hatte einen Arm ergriffen und auf den Rücken gedreht. Jetzt saß sie auf ihm.

Marion atmete durch. Das war erst einmal geschafft. Aber wie weiter? Sie konnte doch nicht ewig so sitzen bleiben. Sicher könnte sie diesen brutalen Klingelgangster eine Weile halten, aber irgendwann würden sie doch die Kräfte verlassen. Sie rief um Hilfe. Irgendwo im Haus ging eine Tür auf, aber Hilfe kam keine, nur ein paar dumme Bemerkungen, der Ruf nach Ruhe, und krachend fiel eine Tür ins Schloss. Als ob das kein Lärm war.

Der Angreifer hatte begriffen, dass ihm von den Hausbewohnern keine Gefahr drohte, und er versuchte, Marion abzuschütteln, seinen Arm freizubekommen. Noch konnte Marion ihn halten, aber langsam ließen ihre Kräfte nach. Da ging die Haustür, Marion schrie noch einmal um Hilfe. Schnelle Schritte näherten sich.

»Was ist denn hier los?«

»Schnell, Werner! Ich kann ihn bald nicht mehr halten.«

Der Gangster versuchte mit einer verzweifelten Anstrengung freizukommen, aber Werner hatte schnell neben Marions Händen zugegriffen und den Arm mit aller Kraft nach oben gerissen. Lautes Gebrüll zeigte an, dass er es richtig gemacht hatte.

»Schnell, Mädchen, hol was zum Zusammenbinden! Strippe, Wäscheleine, Elektrokabel, was du gerade erwischst.«

Im Treppenhaus wurde es laut. »Ruhe da! Elendes Pack! Kriegt man denn in diesem Haus überhaupt keine Ruhe? Ich rufe die Polizei!«

»Ja, tun Sie das, aber schnell!«

»Werden Sie nicht auch noch frech, Sie Halbstarker!«

Wieder fiel die Tür krachend ins Schloss. Aber der Lärm, den man selbst machte, störte ja nicht.

Inzwischen hatte Marion eine Paketschnur gefunden, nicht besonders kräftig, aber sehr lang. Jetzt angelte sie sich den zweiten Arm des Gangsters. Natürlich wollte der nicht gern als Paket verschnürt auf die Polizei warten, und er versuchte noch einmal, sich zu wehren – vergeblich. Werner zog an dem auf dem Rücken liegenden Arm des Gangsters, Marion zog unsanft am kleinen Finger der anderen Hand, und so überzeugten sie gemeinsam den Verbrecher davon, dass Nachgeben wohl doch besser wäre.

Schnell waren die Arme verschnürt, die Beine mit einem Kabel zusammengebunden, beides noch einmal miteinander verbunden, die Wohnungstür geschlossen, und Marion und Werner konnten Versöhnung feiern. Dass er nur gekommen war, um seine Siebensachen zu holen, war Werner in der Aufregung ganz entfallen. Sicher hätte der Gangster wohl noch lange auf dem Flur gelegen, wenn der liebe Nachbar nicht seine Drohung wahr gemacht hätte. Er hatte sich tatsächlich bei der Polizei beschwert.

Die Polizisten brauchten nicht lange nach der Herkunft des Lärms zu suchen, der Gangster war laut genug. Die beiden Liebenden hatte das nicht gestört.

Jetzt klingelte es Sturm an der Tür. Marion und Werner schreckten hoch. Werner stolperte fast über den am Boden liegenden Körper.

»Ach, Marion, den hier hätten wir fast vergessen.«

»Wär' er eben verhungert. Macht nichts, Berufsrisiko.«

Werner öffnete die Tür: »Ja, bitte?«

»Ach, wir sehen schon. Das ist natürlich ein Grund, laut zu sein«, sagte einer der Polizisten, beugte sich hinunter und zog der am Boden liegenden Gestalt die Strumpfmaske ab.

»Ach nein, wen haben wir denn da? Na, Karlemännchen, mal an die falsche Adresse geraten? Keine alte Frau, kein kleines schwaches Mädchen, sondern ein kräftiger junger Mann? Da haben Sie aber einen sehr guten Fang gemacht, Herr …?«

»Tut mir leid, Herr Wachtmeister, aber ich muss Sie enttäuschen. Das war nicht ich, sondern Marion, meine Braut! Ich hab nur geholfen, ihn zu verschnüren.«

»Dann gratuliere ich erst recht! Das wäre sonst übel ausgegangen für die junge Frau. Karl ist sogar in seinen Kreisen als besonders brutal bekannt und gefürchtet. Das will was heißen. Aber für ihn ist das ja nun eine ganz besondere Blamage. Lässt sich von einer zierlichen jungen Frau außer Gefecht setzen.«

»Marion kann Judo. Gott sei Dank.«

»Das können Sie ruhig laut sagen. Na, Karlemännchen, da werden deine Kumpel aber lachen. Das wird ihm mehr zu schaffen machen als die Strafe, die er zu erwarten hat. Es ist seine erste. Seine Opfer konnten ihn bisher nicht identifizieren. Aber dieses Mal kann er nichts abstreiten. – Ja, Herr Klaussen, dann war es ja doch gut, dass Sie uns benachrichtigt haben. Das hier ist ja keine Bagatelle, nicht nur ›ein bisschen Lärm im Treppenhaus‹. Und das nächste Mal hören Sie gefälligst erst einmal hin, wenn jemand um Hilfe schreit, und helfen demjenigen, Herr Klaussen! Wer weiß, ob Sie nicht selbst einmal Hilfe brauchen.« Der Ton des Polizisten war, als er Herrn Klaussen anredete, immer schärfer geworden.

Mit hängenden Ohren schlich der liebe Nachbar Klaussen davon. Nicht, dass er sich schämte, weil er nicht geholfen hatte – oder doch nur aus Versehen –, nein, weil der Polizist so unhöflich zu ihm war. Es war ihm gar nicht recht, dass er von dem Polizisten ausgeschimpft wurde und nicht die »Radaubrüder«. Dass die junge Frau einen Verbrecher zur Strecke gebracht hatte, der auch ihm hätte gefährlich werden können, dass sie also ein gutes Werk getan hatte und dabei seine Hilfe gut hätte gebrauchen können, das registrierte er nicht. Für ihn war der Hilfeschrei nur »ruhestörender Lärm«, und so etwas gehörte sich nicht. Vor Wut knallte er mit voller Wucht die Wohnungstür zu.

Die Polizisten nahmen in aller Ruhe ein Protokoll auf. Der Verbrecher war ja gut versorgt, der kam nicht abhanden. Sie tranken auch ohne Hast den angebotenen Kaffee. Sie hatten es nicht eilig, und wenn Karlemännchen unbequem lag, was machte das? Hatte er bei seinen Opfern jemals danach gefragt, wie sie sich fühlten?

Schließlich waren die Polizisten so weit. »Na, Karlemännchen, dann wollen wir mal«, sagte einer von ihnen und legte dem Klingelgangster Handschellen an, während der Kollege die Beinfesseln löste. Dann halfen sie ihm auf die Beine und führten ihn zum Wagen.

»Endlich allein«, dachte Marion. »Und Werner brauche ich nicht mehr zu überzeugen, dass Judo gut für mich ist.«

Schaschlik

Den ganzen Tag war Horst Winter unterwegs gewesen, hatte Tankstelle um Tankstelle besucht, zur Abwechslung auch einmal eine Autoreparaturwerkstatt, und was hatte das gebracht? Was hatte er umgesetzt? Der Verdienst reichte kaum für sein Benzin, ein Mittagessen war nicht mehr drin.

Seit die großen Mineralölkonzerne die Tankstellen nicht nur mit Benzin, Dieselkraftstoff und Motoröl belieferten, sondern auch noch mit all dem Kleinzeug, was der Autofahrer an der Tankstelle noch so mitnimmt und wovon Horst Winter einmal nicht schlecht gelebt hatte, ja, seitdem war es mit seinem Geschäft immer weiter bergab gegangen. Erst hatte er seinen Lieferfahrer entlassen müssen und jetzt kam auch für ihn das Aus.

Horst Winter war müde. Das machten nicht nur die Verkaufsgespräche und das Fahren den ganzen Tag, das machte vor allem der ständige Misserfolg.

Irgendwie war Horst Winter heil durch die kleine, verwinkelte Stadt Altmünster gekommen. An seiner Aufmerksamkeit und Umsicht hatte es wirklich nicht gelegen. Der Verkehr war erträglich gewesen und die anderen Autofahrer waren sehr rücksichtsvoll. Jetzt war er wieder auf einer Landstraße und grübelte wieder, wie er seine Familie weiterhin ernähren sollte.

Eine Durchsage im Radio bekam er kaum mit: »Wie uns die Polizei soeben mitteilt, wurde in Altmünster eine Bank überfallen. Die beiden Täter machten rücksichtslos von der Schusswaffe Gebrauch. Sie sind mit der Beute in einem hellen Mercedes 300 in unbekannter Richtung entkommen. Die Bevölkerung wird gebeten …«

»Die machen sich das Geldverdienen leicht«, dachte Horst Winter noch, dann versank er wieder in seinen Grübeleien.

Jetzt fing auch noch der Hunger an, ihn zu plagen.

Horst Winter stellte sich sein Leibgericht vor, Schaschlik.

Auf einem Spieß eine Zwiebel, ein Stück fettes Schweinefleisch, ein Stück Paprika, ein Stück mageres Rindfleisch, ein Stück …

»Mensch, pass doch auf! Verlass dich nicht auf die Fahrkünste deiner Mitmenschen. Oh Gott, jetzt bremst dieser Trottel auch noch. Herr, wie groß ist dein Tierreich?!«

Ein heller Mercedes hatte Horst Winter überholt und in rüder Weise geschnitten. Jetzt standen die Fahrzeuge Stoßstange an Stoßstange. Sofort flog die Beifahrertür des vorderen Wagens auf, ein Mann sprang heraus und richtete seine Pistole auf Horst Winter, dann kam er und stieg hinten zu ihm in den Wagen.

»Hinterher! Wird's bald?!«

Horst Winter begann es zu dämmern. Die Bankräuber. Eine schöne Bescherung.

Er folgte dem Befehl. Die Müdigkeit war durch den Schrecken wie weggeblasen.

Sie hatten einen Wald erreicht. Der vordere Wagen hielt.

»Vorbei und rechts in den Waldweg, aber ein bisschen dalli!«

Horst Winter gehorchte. Was sollte er anderes tun? Nicht gehorchen wäre Selbstmord. Gehorchen wahrscheinlich auch, aber kommt Zeit, kommt Rat. Vielleicht gab es doch noch eine Chance.

Jetzt führte der Waldweg zwischen einer dichten Schonung und einem dicht bestandenen Tannenwald hindurch. Der Weg war schmal und es konnten keine zwei Fahrzeuge aneinander vorbei.

Horst Winter bekam den Befehl zu halten. Der Fahrer des Mercedes stieg aus, zerstach alle vier Reifen des Fahrzeugs, öffnete die Motorhaube, riss die Verteilerkappe heraus und warf sie in die Schonung. Sollte jemand ihnen folgen, musste er es ab hier zu Fuß tun.

Jetzt nahm der Verbrecher einen schweren Sack aus dem Wagen, warf ihn hinter Horst Winter auf den Sitz und setzte sich auf den Sitz hinter

seinem Komplizen. Den Sack auf die schönen sauberen Polster, unzivilisiertes Volk. Es waren eben Verbrecher.
»Weiter!«
Horst Winter fuhr an. An Grübeln über die schlechten Geschäfte war nicht mehr zu denken. Ihn interessierte nur noch die Frage, wie er da lebend rauskam.
Man war wieder auf einer Landstraße angekommen. »Rechts!« Horst Winkler gehorchte. Rechts, das führte zur Autobahn. Na, dann viel Spaß. Horst Winter kannte diese Strecke, sie war wie eine Achterbahn gebaut. Oder man hatte beim Bau noch ein paar Kilometer Straße übrig behalten und den Rest fein plissiert.
»Schneller!« Horst Winter gab Gas. Bei diesem Tempo musste er die Kurven schneiden. Wenn die Herren es so wollten, was sollte es? So kaputt oder so kaputt, vielleicht hatte er so bei einem Frontalzusammenstoß eine größere Überlebenschance als bei den Verbrechern.
»Schneid die Kurven nicht so, sonst laden wir dich aus! Du wärst vielleicht als Geisel ganz brauchbar, aber wenn du nicht willst …«
Also doch wieder langsamer. Jetzt meldete sich auch noch sein Magen wieder. Nein, jetzt gab es kein Schaschlik! Hoffentlich gab es für ihn überhaupt noch eine Mahlzeit. Aber das wäre dann so ein Spieß mit einer Zwiebel, einem Stück fettem Schweinefleisch, einem Stück Paprika, einem Stück magerem Rindfleisch, einem Stück – Vorsicht! Hinter einer der unübersichtlichen Kurven tuckerte ganz gemütlich ein Landwirt auf seinem Ackerschlepper vor Horst Winter auf der Landstraße, hinter sich einen Anhänger voller längs aufgesägter Tannen, für ein Gatter oder Ähnliches. Eine dieser Tannen lag sehr unglücklich schräg zur Fahrtrichtung.
»Das ist ja lebensgefährlich geladen«, dachte Horst Winter.
Lebensgefährlich? Vielleicht eine Chance, auf die er gewartet hatte. Horst Winter beschleunigte voll und zog den Wagen nach links. Und noch ein bisschen nach links. Schotter flog auf, der Wagen hopste durch Schlaglöcher, zog weiter nach links. Horst Winter musste scharf gegenlenken. Jetzt ein kurzer Ruck nach rechts.
Knirschend zersprang die Windschutzscheibe. Ein scharfer Knall.

Horst Winter hing im Haltegurt. Der Landwirt hielt, ging nach hinten und schimpfte: »Blödes Stadtvolk! Das habt ihr nun von eurer blöden Raserei. Bleibt auf der Autobahn, wenn ihr so rasen müsst!«

Horst Winter löste sich aus der Erstarrung. Er lebte. Sein Blick fiel auf das Loch im Tachometer. Aha, dann hatte also doch einer geschossen, hatte nur keine Zeit zum Zielen. Er wies auf das Loch und sagte dem Landwirt, dass er ihm das Leben gerettet habe. Dann sah er nach rechts. Am Spieß eine Windschutzscheibe, ein fetter Verbrecher, eine Rückenlehne, ein magerer Verbrecher. Der Magen drehte sich Horst Winter um. Er konnte kein Schaschlik mehr sehen.

Sackgasse

»Komm, Mäuschen, lass mich nicht im Stich!« Zärtlich streichelte Silke über das Armaturenbrett ihres altersschwachen Wagens, als ob es ein fühlendes Wesen wäre. Dann drehte sie den Zündschlüssel noch einmal, und wirklich, der Motor hustete ein paarmal, aber dann schnurrte er zufrieden. »Uff, das hat noch mal geklappt«, seufzte sie und gab Gas. Auch an der Ampel musste sie nicht halten, die sprang gerade auf Grün. Silke freute sich, denn in letzter Zeit hatte ihr greiser Fiat seine Mucken. Vor allem bei Ampelstopps begann der Motor zu stottern und manches Mal blieb er sogar stehen. Warum der Topolino das tat, blieb sein Geheimnis. Schon dreimal war der Wagen in der Werkstatt gewesen, ohne dass man den Fehler gefunden hatte. Der nette Monteur hatte mitleidig gemeint: »Am besten wäre es, wenn Sie sich ein neues Auto kaufen würden. Der Rost nimmt allmählich überhand. Ich glaube nicht, dass Sie damit noch einmal durch den TÜV kommen.«

Recht hatte er ja und er hatte es nett und freundlich gesagt, nicht so grob wie vor einem halben Jahr der Tankwart, der den Ölwechsel machen sollte. »Na, Fräuleinchen«, hatte der gesagt, »woll'n Se sich das nich noch mal überlegen, ob Se nich lieber das Öl behalten wollen und die Rostlaube wechseln?«

Nein, zu dem Flegel würde sie nie wieder gehen. Aber recht hatte der auch schon, nur woher das Geld nehmen? An einen neuen Wagen brauchte sie gar nicht zu denken, ein gut erhaltener, nicht zu sehr gebrauchter würde ihr ja schon genügen. Aber auch dafür fehlte Silke das Geld und der TÜV-Termin rückte unaufhaltsam näher. Wie sollte sie denn ohne Wagen zur Arbeit kommen, vor allem wenn sie in der Fabrik Spätschicht hatte? Mit dem Bus wollte sie nicht fahren, denn der Weg zur

Haltestelle führte durch einen dichten, dunklen Wald und sie hatte dort begründete Angst. Und mit dem Fahrrad? Der nächste Weg führte durch denselben Wald und die Straßen drum herum waren viel befahren und ohne Radweg, das war auch nicht ungefährlich.

Silke überlegte, ob sie ihren Großvater um einen zinslosen Kredit bitten sollte. Sie verwarf diesen Gedanken gleich wieder. Er würde ihr bestimmt erzählen, wie Großmutter früher zu Fuß in die Stadt gegangen war und dabei noch die schweren Einkaufstaschen geschleppt hatte. Mit der Jugend sei eben nichts mehr los, würde er kopfschüttelnd resümieren. Nein, das war also auch keine Lösung. Am besten war es wohl, sie würde gleich noch einmal ihr Konto bei der Sparkasse überprüfen und sich beraten lassen, welche Möglichkeiten sie hatte.

Unterdessen war sie bei der Haspa angekommen. Heute hatte sie offenbar einen Glückstag. Der Motor hatte brav seine Pflicht getan und direkt vor der Eingangstür der Bank, zwischen einem blitzenden Mercedes und einem flotten Porsche, war noch ein Plätzchen zum Parken frei, groß genug für ihr Wägelchen. Silke wollte gerade die Tür abschließen, als sie mehrere Schüsse aus dem Gebäude hörte. Jemand schrie laut auf. Eine Männerstimme brüllte ein paar Worte, die sie nicht verstand. Da öffnete sich auch schon die Tür des Geldinstituts und ein maskierter Mann stürzte heraus. Starr vor Entsetzen stand Silke neben ihrem Wagen.

»Ein Banküberfall! Nichts wie weg hier!«, durchzuckte es sie blitzartig. Der Maskierte trug eine prall gefüllte Plastiktüte und lief direkt auf ihren Wagen zu. Silke sah, dass die Pistole in der Hand des Verbrechers auf sie gerichtet war. Zum Flüchten war es zu spät. Er war wie ein Rocker ganz in schwarzes Leder gekleidet und seine eisenbeschlagenen Stiefel klangen hart auf dem Pflaster, was seine gewalttätige Art noch unterstrich. Als er heran war, blickte Silke in ein Paar seltsam stahlblaue Augen hinter der Kapuzenmaske, die sie kalt und berechnend fixierten. Es fröstelte sie.

»Los! Steig ein und mach die Beifahrertür auf!«, schrie er. »Du wirst mich fahren! Beeil dich, sonst knall ich dich ab! Da drinnen liegt schon einer, der nicht parieren wollte. Mach schon, du Kröte!« Dabei fuchtelte er mit der Waffe vor ihrem Gesicht herum, immer den Finger am Abzug.

In Todesangst gehorchte Silke und ließ den Verbrecher einsteigen. Im Wagen stieß ihr der Gangster die Pistole in die Seite. »Losfahren! Wird's bald?«, bellte die herrische Stimme. Silke drehte den Zündschlüssel, und als ob »Mäuschen« auch Angst hätte, sprang der Motor an und der Wagen fuhr ohne zu stottern davon.

»Ein Glückstag«, hatte sie vorhin geglaubt? Jetzt versagten ihr vor Angst fast die Hände und die Knie zitterten, dass der Fuß vom Gaspedal zu rutschen drohte. Dann fing der Motor doch an zu stottern und der Wagen ruckelte.

»Versuch hier keine Tricks, sonst knallt's!«, drohte der Verbrecher nervös. »Ich werd mir doch von dir nicht diesen Fischzug vermasseln lassen!«

Anscheinend bekam es auch »Mäuschen« mit der Angst, der Motor lief wieder rund.

»Los, du Schlampe, fahr zu! Das ist keine Sonntagsspazierfahrt!« Dabei bohrte er ihr die Pistole hart in die Seite. »Na, wird's bald?«

Silke gab Gas und sagte: »Aber wenn ich zu schnell fahre …«

»Schnauze! Hier rechts rein!«, befahl der Verbrecher. Silke gehorchte.

Dann erkannte sie, dass sie auf der Straße zu ihrem Heimatort waren. Trotz aller Angst begann ihr Gehirn jetzt mit der kühlen Berechnung eines Roboters zu arbeiten und sie konnte mit einem Mal die Gefahren und Möglichkeiten zur Rettung gegeneinander abwägen. Aus dem Augenwinkel sah sie, dass die Plastiktüte auf den Knien des Bankräubers von Geldscheinen überquoll. Sie dachte: »Dieser gemeine Kerl hat das Geld, das mir fehlt. Aber er ist ein richtig brutaler Verbrecher. Wer weiß, wozu der sonst noch fähig ist? Ich darf jetzt keinen Fehler machen. Auf keinen Fall darf er merken, dass ich wieder klar denken kann. Welche Möglichkeiten zu meiner Rettung habe ich?«

Eine alte Frau, die gerade die Straße überqueren wollte, wich entsetzt zurück, ruderte schreiend mit den Armen in der Luft und drohte mit der Faust. Das amüsierte ihn. »Typisch!«, dachte Silke.

Jetzt hatten sie die Stadt hinter sich gelassen und vor ihnen lag das breite Band der Landstraße. Silke gab Gas, bis der Tacho auf 100 kletterte. Das beruhigte ihren Beifahrer.

Einige Kilometer weiter führte die Chaussee durch ein Dorf. Hier hatte Silke gelebt, bevor sie in die Stadt gezogen war. Hier kannte sie sich immer noch aus, kannte jeden Weg und Steg. Ihr kam eine Idee. Gleich hinter dem Wald war ein asphaltierter Feldweg. Silke fragte den Bankräuber: »Ist das nicht gefährlich für Sie, immer auf der Chaussee zu bleiben, wo die Polizei Sie sucht? Sollten wir nicht besser auf eine Nebenstrecke? Da könnten Sie mich doch mitten auf dem Feld rauslassen.«

»Damit Sie mir die Polizei nachschicken.«

»Wie soll ich das? Meinen Sie, die Bauern haben für ihre Kühe mitten auf dem Feld ein Telefon?«

Der Bankräuber lachte bei dem Gedanken an eine telefonierende Kuh, dann überlegte er. Sicher würde die Polizei die Hauptstraßen überwachen. Da hatte die Kleine recht. Aber sie jetzt schon rauslassen? Da irrte sie sich! Wenn sie weit genug weg wären, wenn er in Sicherheit wäre, wollte er noch ein bisschen Spaß haben. Dann sagte er: »Fahr mal langsam. Da vorn ist ein Feldweg. Ja, der ist asphaltiert, da fahr rein!«

Silke fiel ein Stein vom Herzen, das konnte ihre Chance sein, jetzt nur nichts anmerken lassen. Sie bremste ab, bog auf den Feldweg ein und gab Gas, was das altersschwache Motörchen hergab. Rechts lag der Wald hinter einem Erdwall, links stand der Mais direkt bis an den Asphalt zwei Meter hoch. Das Gelände stieg leicht an und weit voraus war eine Kuppe zu erkennen. Silke beschleunigte noch immer, als das Ende des Maisfelds in Sicht kam. Ihr Beifahrer war beruhigt, dass sie so gut gehorchte.

Silke fuhr dicht an das Maisfeld heran und rief plötzlich: »Oh, sehen Sie mal, ein Reh im Wald«, wobei sie mit der rechten Hand dem Gangster vor dem Gesicht herumfuchtelte, irgendwo in den Wald deutend.

»Lass das, du blöde Kuh!«, schimpfte der Gangster, aber unwillkürlich schaute er suchend zum Wald, so ein Reh plötzlich vor dem Wagen konnte gefährlich werden.

Schnell nahm Silke den Gang raus, öffnete die Tür, stieß sich ab und hielt die Tüte mit dem Geld vor das Gesicht. Die kräftigen Maisstauden schlugen ihr blaue Flecke, aber das war nicht so hart, als wenn sie direkt auf den Boden gefallen wäre. Der Verbrecher begriff zu spät, dass seine Geisel ausstieg. Wer kam auch auf die Idee bei dem Tempo? Schießen? Die war doch weit zurück. Er griff zum Lenkrad, wollte bremsen und auf den Fahrersitz klettern, sah hoch – und riss die Augen erschrocken auf. Vor ihm waren Asphalt, Maisfeld und Wald zu Ende. Der kleine Erdwall verhinderte bei der hohen Geschwindigkeit nicht die Weiterfahrt, er schleuderte nur den Wagen hoch, sodass der einen Looping drehte, während er weit über den Rand der Sandgrube hinaus ins Leere flog. Etwa 20 Meter tiefer endete die Fahrt abrupt mit den Rädern zum Himmel.

Silke rappelte sich mühsam hoch. Sie hatte auf einigen Metern Länge die Maisstauden umgemäht. Ihr taten alle Knochen weh, aber wie es schien, hatte sie sich nicht ernsthaft verletzt. Den Wagen war sie nun endgültig los, aber irgendwie würde es schon weitergehen. Vielleicht gab es ja eine Belohnung von der Bank. Eigentlich reichte das Geld. Sie sammelte die Scheine, die aus der geplatzten Plastiktüte gefallen waren, in den Rock ihres zerrissenen Kleides und machte sich auf den Weg zu ihren Eltern. Irgendwie würde es schon weitergehen, aber ehrlich!

Begegnung nach zwölf Jahren

O'Connor trat ins Freie.

Zwölf Jahre hatte er auf diesen Augenblick gewartet. Nur seine Tochter empfing ihn vor dem Gefängnis. Alle hatten ihn vergessen, seine Frau hatte sich scheiden lassen, nur seine Tochter …

Zwölf Jahre waren eben eine lange Zeit für die Menschen hier draußen, wo das Leben weitergegangen war. Für ihn war das Leben vor zwölf Jahren stehen geblieben und er hatte niemanden und nichts vergessen. Am wenigsten Smiley. Mochte er sich verkriechen, wo er wollte, er würde Smiley, diese Ratte, schon finden, und dann würde er seinen Anteil fordern. Schließlich hatte er dafür gesorgt, dass Smiley flüchten konnte, sonst hätten sie jetzt beide nichts. Und er hatte das Pech, dass die Polizeistreife ihn erwischt hatte. Und er musste für den Wachmann, den Smiley erschossen hatte, bezahlen. Die Leiche des Wachmanns hatten sie ja bald gefunden und die Pistole mit seinen, O'Connors, Fingerabdrücken auch. Sie hatten auch herausgefunden, dass die tödliche Kugel nicht aus seiner Pistole stammte. Smiley und das Geld blieben bis heute verschwunden – für die Polizei.

Dass O'Connor einen Mörder deckte, nahm der Richter ihm sehr übel, deshalb zwölf Jahre. Aber wenn er Smiley verriet, war das Geld auch weg, und mit einer so langen Strafe hatte er nicht gerechnet.

Natürlich hatte O'Connor Freunde, und die würden sich schon wieder erinnern, wenn er jetzt auftauchte.

Die Freunde erinnerten sich. Es war gar nicht so schwer, sie zum Reden zu bringen. Vor ein paar Monaten erst war Smiley mal wieder vorbeigekommen. Er wohnte irgendwo in den Bergen in einer alten Goldgräberhütte. Er hatte auch etwas gefaselt von »alte Schuld bei einem Freund begleichen«. Nein, wo er sich versteckte, hatte er nicht verraten, aber er war dumm genug gewesen, so viel über seine Umgebung zu erzählen, dass es nicht allzu schwierig sein konnte, ihn zu finden. Vor 20 Jahren war der Schacht aufgegeben worden, über dem die Hütte stand. Ja, und Smiley war auch so dumm gewesen zu erzählen, dass er den Schacht von der Küche aus als Kühlschrank benutzte. Es war gut, das zu wissen, so konnte man nicht selbst hineinfallen, was Smiley sicher nur recht gewesen wäre. Eine Leiche würde dort nicht so schnell entdeckt, und sicher war auch das Geld dort versteckt.

O'Connor interessierte sich jetzt für Goldminen, die vor 20 Jahren aufgegeben worden waren und über deren Schacht eine Hütte stand. Da kamen nur drei Stück infrage. »Keine große Auswahl. Na, dann habe ich die Mäuse ja bald. Und ich kann meiner Tochter, die immer so treu zu mir gehalten hat, den Wagen zurückgeben«, dachte O'Connor. Aber ein paar Wochen und etliche Hundert Kilometer musste er sich noch gedulden, denn die drei Minen lagen weit voneinander entfernt.

Schließlich hatte O'Connor viel Benzin verfahren und langsam wurde sein Geld knapp. Seine Tochter hatte mit kleinen Geldüberweisungen dafür gesorgt, dass seine Konten, die unter verschiedenen Namen bei verschiedenen Banken liefen, weiter bestanden, aber ein Millionär war er vor zwölf Jahren auch nicht gewesen. Jetzt wurde er ungeduldig, aber diese Mine war die letzte der drei.

Smiley saß nach dem Frühstück in seinem Sessel, machte die Beine lang, ließ die Arme lässig baumeln und seinen Gedanken freien Lauf. Gut zwölf Jahre war es jetzt her, dass er mit O'Connor die Bank ausgeräumt hatte. Für ihn hatte es sich gelohnt. Fast zwei Jahre hatte er gebraucht, um das viele Geld unauffällig von verschiedenen Städten aus auf verschiedene Konten einzuzahlen, Dann war es sicher angelegt. Nein, vor der Polizei hatte er keine Angst, die wusste ja nicht, wen sie suchen sollte. Aber O'Connor wusste es. Und der wollte seinen Anteil an der Riesenbeute haben. Der würde ihn suchen, solange er lebte und seinen Anteil nicht hatte – wenn er damit zufrieden wäre. O'Connor müsste jetzt eigentlich frei sein und bald hier auftauchen, um seinen Anteil zu kassieren. Die Spur, die er, Smiley, gelegt hatte, war für O'Connor sicher deutlich genug, aber auch nicht so deutlich, dass er sie für eine Falle halten konnte. Vieleicht kam O'Connor ja schon heute.

Es war früher Nachmittag. Die Sonne brannte vom Himmel. Ein Adler zog seine Kreise über dem Tal. Still und friedlich war die Natur. Für einen Romantiker mochte es hier schön sein, O'Connor erschien es eher langweilig. Er bog vom Highway ab auf einen Feldweg, der in ein Seitental führte. »Feldweg« war eine freundliche Umschreibung für diesen schlecht gepflügten Acker, aber O'Connor musste hier fahren, wenn er nicht laufen wollte, denn ein Pferd zum Reiten hatte er nicht dabei und einen anderen Weg zu der Hütte gab es nicht.

Man hatte O'Connor im Ort bestätigt, dass es dort einmal eine Goldmine gegeben hatte. Aber das war schon lange her. Vor 20 Jahren hatte der Besitzer aufgegeben. Ja, vor etlichen Jahren war ein Fremder gekommen und hatte die Hütte über dem Schacht gekauft. Ein kauziger Kerl, der selten in den Ort kam, nur ab und zu, um etwas einzukaufen. Woher er kam? Wovon er lebte? Darüber hatte man nicht gesprochen. Der Fremde hatte es von sich aus nicht erzählt und warum sollte man danach fragen?

So, da war der Steg zur anderen Seite des Baches und zur Hütte. Ab jetzt musste er wohl oder übel zu Fuß gehen. O'Connor öffnete das Handschuhfach, entnahm ihm eine schwere Pistole, überprüfte noch einmal alles und steckte sie ein. Schweren Herzens stieg er aus dem Wagen, warf die Tür zu und begab sich auf den beschwerlichen Fußmarsch.

Smiley lag im Schatten in der Hängematte, die zwischen zwei Bäumen aufgespannt war. Herrlich, dieser Frieden hier oben. Dort am Himmel zog wieder ein Adler seine Kreise und später nach Beute, Vögel sangen, Bienen und Fliegen summten – aber da summte doch noch etwas. Ja, jetzt hörte Smiley es deutlich. Das war ein Automotor! So dusselig konnte nur O'Connor sein, diese Großstadtpflanze. Wusste nicht einmal, dass man bei der Stille im Tal ein Auto meilenweit hörte. Auch gut, konnte man sich wenigstens auf den Besuch einstellen. Nicht, dass es da großer Vorbereitungen bedurft hätte, das war alles schon geschehen. Smiley hatte lange genug nach der richtigen Behausung gesucht. Aber sich ein bisschen frisch machen, rasieren und den Bart etwas stutzen konnte er schon. Auch konnte er das Sonntagshemd anziehen, die Tischdecke auflegen und Kaffeewasser aufsetzen, das würde einen freundlichen Eindruck machen.

Das Motorgeräusch verstummte plötzlich direkt unter der Hütte am Hang. »Da ist die Brücke«, überlegte Smiley und rechnete. Sein Gast könnte in – na, O'Connor war sicher nicht gut zu Fuß, aber in einer knappen halben Stunde musste er hier sein. Also Zeit, um das Kaffeewasser aufzusetzen. Er stand auf, sah ins Tal und fand das Auto.

Smily saß auf einem Stuhl hinter dem Tisch. Als der Schotter vor dem Haus knirschte, sah er zur Tür. Die Tür flog auf und O'Connor stand mit der Pistole in der Hand im Rahmen,

»Tag, O'Connor. Komm rein, alter Freund, und mach die Tür zu. Gott, was ist das für eine Begrüßung nach zwölf Jahren? Steck das Ding weg! Bevor du nicht deinen Anteil hast, solltest du da kein so großes Risiko eingehen.«

O'Connor wurde unsicher. Was steckte hinter diesen freundlichen Worten? Es konnte doch nicht sein, dass Smiley wirklich teilen wollte. Dann sagte er: »Hast es gut hier oben. Schön ruhig und einsam!«

»Ja, schön ruhig. Man hört jeden Schuss meilenweit, genau wie dein Auto, und es laufen hier mehr Menschen herum, als man glaubt. Und wenn ich meine Einkäufe nicht jede zweite Woche mache und man hier einen Schuss hört, dann wird man sich im Ort sicher an den neugierigen Fremden erinnern und der Polizei eine Beschreibung geben, besser als ein Foto. Das nur so am Rande. Ach, O'Connor, du bist immer noch derselbe alte, misstrauische Trottel wie früher. Du konntest noch nie Freund und Feind unterscheiden, deshalb hast du ja auch zwölf Jahre gesessen. Steck die Kanone weg. Wenn ich dich hätte abknallen wollen, dann hätte ich das vor einer halben Stunde getan, als du aus dem Wagen gestiegen bist. Sieh einmal aus der Tür, ob er noch an seinem Platz steht. Und dann setz dich,

ich brühe in der Küche Kaffee für uns beide auf. Ja, kannst mitkommen, wenn du Angst vor mir hast. Aber zittere nicht zu sehr, damit mir nichts passiert, solange du nicht weißt, wo das Geld ist. Du findest es nie. Aber ich zeig's dir nach dem Kaffee. Komm!«

Damit stand Smiley auf und ging in die Küche.

»Dahin folge ich dir auch gerade«, dachte O'Connor, »damit du mich in den Schacht stoßen kannst.«

Er blieb mit der Waffe in der Hand in der Küchentür stehen und beobachtete Smily genau. Aber da war nichts, was da nicht hingehörte, keine Bewegung, kein Handgriff, kein verräterischer Blick, keine Unsicherheit, nichts. Und gerade das machte O'Connor nervös.

Jetzt war Smily fertig, stellte alles auf ein Brett und ging völlig unbefangen auf O'Connor zu. O'Connor ging rückwärts ins Zimmer und verfolgte weiter mit gespannter Aufmerksamkeit jede Bewegung von Smiley.

»Komm, Kumpel, setz dich auf meinen Platz, damit du die Tür im Auge hast. Mich besucht zwar kein Mensch, aber das glaubst du mir ja doch nicht.« Damit stellte Smiley sein »Tablett« auf den Tisch, gab jedem einen Becher, goss Kaffee ein und setzte sich auf den Stuhl mit dem Rücken zur Tür. Endlich setzte sich auch O'Connor auf den zweiten Stuhl, auf Smileys Platz. Smiley hatte recht, dort hatte man alles im Blick und war vor Überraschungen ziemlich sicher.

Man redete eine Weile über alte Zeiten und schließlich sagte Smiley: »So, und nun trink deinen Kaffee, bevor er kalt wird.«

Die schwarze, heiße Brühe in den Bechern war jetzt so weit abgekühlt, dass man sie trinken konnte, ohne sich zu verbrühen. O'Connor hatte Durst, was bei der Hitze im Wagen und dem ungewohnten Fußmarsch kein Wunder war, und er trank in einem Zug den Becher leer.

Auch Smiley tat einen tiefen Zug, legte dabei den Kopf in den Nacken, dass man sein Gesicht nicht sah, und griff dabei zum linken Tischbein, zog es ganz zu sich heran. O'Connor fühlte sich plötzlich so leicht und schwerelos. Er ließ den Becher fallen, griff nach dem schweren Eichentisch und wollte sich instinktiv daran festhalten, aber er erwischte nur die dicke

Tischdecke, die ihm keinen Halt gab, und er verschwand mit der Decke und einem Schrei in der Tiefe. Smiley setzte den Becher ab, ging um den Tisch, legte sich auf den Bauch und langte unter den Fußboden. Seine Hand kam mit einem dünnen Büchlein wieder zum Vorschein.

»Ja, O'Connor, da ist das Geld«, sagte Smiley grinsend. »Ich habe mein Versprechen gehalten und es dir nach dem Kaffee gezeigt, aber du hast es in der Eile sicher nicht gesehen. Ja, du hattest es im Leben immer zu eilig.«

Smiley holte einen langen Haken, zog die Falltür wieder hoch, bis sie einrastete, und vernagelte sie mit alten, angerosteten Nägeln. Man würde das Skelett vielleicht einmal finden, wenn die Hütte verfallen war und der verrottete Fußboden den Blick in den Schacht freigab. Aber das würde noch einige Jahre dauern.

Es war doch gut, dass er nicht alles über die Geheimnisse seines Hauses erzählt hatte. Er würde noch heute Abend mit O'Connors Auto durch den Ort fahren, in etwa gekleidet wie der Fremde, und eine Puppe neben sich, gekleidet wie Smiley. Sicher würde man sie beide im Wagen sitzen sehen und wissen, warum er nicht mehr zum Einkaufen kam. Und niemand würde je nach ihm oder dem Fremden fragen. Smiley hatte die Vergangenheit endgültig hinter sich gelassen.

Ein perfektes Verbrechen

Kapitel 1

Nichts Besonderes

Franz van Bebber, von Beruf Ingenieur und Baustellenleiter, hatte die Überschriften der ersten Zeitungsseite überflogen. Nichts Besonderes heute, nur der alltägliche Kram. Irgendwo war Krieg, mal wieder ein Spendenskandal, großer Stau auf der Autobahn, Werftenpleite, Banküberfall, BSE, Hormone und Antibiotika im Tierfutter usw. Wirklich, wozu kaufte man eine Zeitung, wenn doch im Grunde genommen immer wieder das Gleiche darin stand? Er war schon dabei umzublättern, als er plötzlich stutzte. Was war das? Er schwenkte das Blatt wieder zurück und sah genau hin. Da stand tatsächlich Groß Borkau. In Groß Borkau hatte es einen Banküberfall gegeben. Interessiert las er jetzt doch den Bericht und dann fragte er seine Frau: »Du, Thilde, ist dir Groß Borkau ein Begriff?«
»Du kannst Fragen stellen. Da leitet doch mein Bruder die Bank.«
»Ja, und diese Alteisenbank.«
»Raiffeisenbank, bitte! Was ist damit?«
»Ach, nichts Besonderes. Nur das Übliche.«
»Was, nur das Übliche? Mach's nicht so spannend, Franz.«
»Na ja! 'n Banküberfall. Ein Toter.«
»Ein, ein Toter? Mein Bruder?«
»Nee, dein Bruder hat einen der Bankräuber zur Strecke gebracht. Den anderen hat er in den Kundensprechraum gesperrt und daraus ist der ohne Beute geflüchtet. Und nun halt dich fest. Mit dem Polizeiwagen ist er weg. Den Wagen hat die Polizei wieder, den Verbrecher nicht. Der ist spurlos verschwunden.«
»Na, Gott sei Dank!«

»Dass sie den Polizeiwagen wiederhaben oder dass der Bankräuber weg ist?«

»Ach, du, dass meinem Bruder nichts passiert ist! Du weißt ganz genau, dass ich das meine, du Nervensäge! Also, Menschen gibt's …«

»Stimmt! Und der liebe Herrgott hat sie erschaffen. Alle!«

»Aber bestimmt nicht als Bankräuber!«

»Glaub ich ja auch nicht, aber weiß man's? Vielleicht ist das ja sein Arbeitsbeschaffungsprogramm? Wovon sollten denn die Sicherheitsdienste, die Geldschrankhersteller, die Polizeibeamten, die Gefängniswärter und so weiter leben?«

»So gesehen sind auch die Verbrecher ein beachtlicher Wirtschaftsfaktor. Aber damit werde ich der Wirtschaft niemals helfen.«

»Man soll niemals ›Niemals‹ sagen! Ich muss da an zwei Ereignisse denken, die mir passiert sind und von denen ich niemals geglaubt hätte, dass mir so etwas passieren könnte.«

»Und woran denkst du da?«

»Ach, das weißt du doch. Na, damals, als der Radfahrer mich provoziert hat. Wie ich ihn endlich überholen konnte und ihn zur Rede stellen wollte, da hat er mich nur angegrinst: ›Na, Opa, willste dir 'ne Tracht Prügel abholen?‹ Was dann passiert ist, das begreife ich heute noch nicht. Das war, als hätte ich daneben gestanden und das als Zuschauer erlebt und hätte dabei gedacht: ›Das kannst du doch nicht machen, das ist doch verboten!‹ Und dabei habe ich den Schnösel so verprügelt, dass er bestimmt in Zukunft etwas vorsichtiger ist.«

»Und das zweite?«

»Das war kurz nachdem mein Vater gestorben war und ich zu hören bekam, wie er Mutter und mich betrogen hat. Das hat mich ja weiter nicht überrascht und mich wenig berührt. Habe ich wenigstens geglaubt, aber offenbar war das ein Irrtum.«

»Ach, du meinst den Unfall, bei dem du aufs Erdbeerfeld abbiegen wolltest und bei dem du den Wagen übersehen hast?«

»Nicht ›übersehen‹, sondern nicht wahrgenommen habe, obwohl ich ihn gesucht habe! Ich habe doch gehört, dass das Hupen von vorn kam, aber da war nur die leere Chaussee. Und dann das Bremsenkreischen, das kam doch auch von vorn, aber da war nur die leere Chaussee, der Graben, das Erdbeerfeld, das ganze Grünzeug, aber kein Auto. Das habe ich erst gesehen, als es unseren Wagen anschrammte. Einen Meter vorher habe ich noch die Landschaft gesehen und plötzlich schwankte unser Auto und ich sah das andere Auto. Wie so etwas möglich ist, ist mir bis heute ein Rätsel, aber wenn ich dann an das Gespräch mit dem alten Fernfahrer denke … Ich erzählte ihm die Geschichte und dass ich nicht darüber hinwegkomme, und was antwortet mir der Mann? ›Na und? Vorher fix Ärger gehabt, wa?‹«

»Du, das erinnert mich an den Unfall von der Alexandra, der Sängerin. Fährt an eine übersichtliche Kreuzung und wartet so lange, bis der Lastzug dicht genug ran ist und bestimmt nicht mehr bremsen kann. Sie hat es nicht überlebt. Die hatte auch vorher fix Ärger. Aber ›seelische Belastung‹ habe ich noch in keiner Unfallstatistik als Unfallursache gesehen.«

»Das könnte ein Fehler sein. Ja, aber das nur am Rande. Wir sind etwas abgeschweift. Wissen möchte ich aber doch, wie die beiden auf die schiefe Bahn gekommen sind.«

»Ich auch, aber das werden wir wohl nie erfahren.«

Keine schlechte Frage: Wie wird ein Mensch zum Verbrecher?

Sie, liebe Leserin, lieber Leser, interessiert es nicht, weil ein Verbrechen für Sie niemals infrage kommt? Woher wissen Sie das so genau? Das hätte nämlich Willi Martens, der entkommene Bankräuber, bis zu seinem 45. Lebensjahr auch geschworen: »Niemals! Ich habe doch einen Beruf, in dem ich gut verdiene, und eine gute Frau. Eine bessere gibt es gar nicht!«

Und deshalb sollten Sie doch weiterlesen und über die Frage nachdenken: Können Entscheidungen von Menschen über andere Menschen diese auf die schiefe Bahn bringen?

Diese Frage hätte Franz van Bebber ganz erheblich beschäftigt, wenn der Name »Willi Martens« in dem Bericht gestanden hätte, denn er hatte als Vorgesetzter drei Mal über den Lebenslauf dieses Mannes entschieden, der jetzt als Verbrecher gesucht wurde, und es waren nicht nur angenehme Entscheidungen gewesen. Und er hätte sich gefragt: Ist es Veranlagung oder Schicksal? Entscheidet es der Mensch selbst und ganz allein? Oder helfen ihm andere dabei? Habe ich ihm womöglich dabei geholfen? Oder ist alles Gottes Wille?

Willi Martens hatte einen ordentlichen Beruf erlernt und war zwölf Jahre lang ein angesehener Mitarbeiter in einer renommierten Firma mit langer Tradition. Und auch nach seinem unfreiwilligen Berufswechsel hatte Willi immer schnell wieder einen Arbeitsplatz, weil er sich für nichts zu schade war. Aber man soll eben niemals »Niemals« sagen, weil man niemals weiß, welche Überraschungen das Schicksal noch bereithält.

Und für Willi hatte das Schicksal einige Überraschungen. Willis erste und entscheidende Überraschung war ein junger, dynamischer Diplomkaufmann mit Namen Hartmut Stingelmayr. Dieser Herr Stingelmayr war nicht nur stolzer Besitzer eines Kaufmannsdiploms, er war eines Tages auch Eigentümer jener Stahlbaufirma »Stingelmayr und Sohn« geworden, in der Willi Martens zwölf Jahre hindurch seine Brötchen verdient hatte. Eigentlich war Hartmut schon der Enkel des Gründers, aber von den Fähigkeiten seiner Ahnen war wenig auf ihn übergegangen.

Die zweite Überraschung war ein skrupelloser Kollege von Willi, der, wie man so sagt, über Leichen ging. Als weitere unangenehme Überraschungen hatte das Schicksal ein paar Fuhrunternehmer auserwählt. Dann war da noch die Frau, die nicht nur Strohwitwe sein wollte. Und die letzte Überraschung? Das war Walter Janßen, der Tote bei dem Banküberfall.

Sie werden sich sicher fragen, was ein reicher, gebildeter Fabrikbesitzer, was so ein hoch angesehener Ehrenmann mit einem Banküberfall zu schaffen hat. Nun, auf den ersten Blick natürlich nichts. Nicht das geringste bisschen, das man ihm juristisch anlasten könnte.

Und doch war er es, der durch sein Handeln das Schicksal vieler Menschen beeinflusste, und das führte letzten Endes auch dazu, dass Willi Martens – aber lassen Sie mich der Reihe nach erzählen, wie Willi vom Schicksal gebeutelt wurde, und dann urteilen Sie ganz am Ende selbst.

Kapitel 2

Lehrstellensuche

Als Willi Martens von der Schule abging, war er 15 Jahre alt, 180 cm groß, hatte blondes Haar, blaue Augen, stets ein freundliches Lächeln und den Körper eines griechischen Athleten. Wen wunderte es, dass er bei den Mädchen keine Schwierigkeiten hatte.

Brauchte er auch nicht, Schwierigkeiten hatte er schon mit seinem Vater genug. Schneider sollte er werden, und das wollte er nicht. Er wollte in einem Metallberuf mit etwas Handfestem arbeiten, nicht mit so einem »wabbeligen Zeug, das sich jedem anpasst und wo man nicht genau weiß, ob man noch etwas in der Hand hat oder nicht«. Hartem, zähem Eisen seinen Willen aufzwingen, das war etwas nach Willis Geschmack. Und wenn jemand sagte: »Davon bekommst du doch schmutzige Finger«, dann antwortete Willi: »Die Finger kann ich waschen, aber seinen Charakter kann der Schneidermeister nicht waschen, der bleibt schmierig. Meinen Vater immer zum Saufen und zum Glücksspiel zu verleiten, damit der die Zeche bezahlt, das ist fies!« Was sollte man dagegen sagen?

Aber der Vater hatte es seinem besten Freund, dem Schneidermeister Otto Baumann, so versprochen, und was man versprach, das musste man halten – musste in diesem Fall Willi halten.

Die Mutter war zwar auch dagegen, dass der Junge den Beruf eines Schneiders erlernte, wenn er das nicht wollte, aber was sollte sie gegen den Vater ausrichten?

Doch dann hatte sie eine Idee. Wenn sie es ihrem Mann nicht ausreden konnte, dann musste Willi es dem zukünftigen Lehrmeister ausreden, auf seine Weise.

»Wilhelm«, sagte sie zu ihrem Mann, »wenn du den Jungen einfach zwingst, in die Schneiderlehre zu gehen, dann wird das nichts. Der hat doch seinen Dickschädel von dir geerbt. Sag ihm doch, er soll sich die Arbeit in den Ferien mal ansehen, und wenn dein Freund es geschickt anfängt, dann wird der Junge schon begreifen, dass Schlosser ein schwerer und schmutziger Beruf ist. Als Schneider macht er sich die Hände nicht schmutzig, einen Bruch kann er sich da auch nicht heben und ins Schwitzen kommt er auch nicht. Rede doch noch mal mit dem Schneidermeister.«

Und der Vater redete am folgenden Abend mit seinem Freund. Aber vorher sprach die Mutter mit ihrem Sohn. »Willi, du willst doch gerne Schlosser werden und nicht Schneider?!«

»Ja, Schlosser oder so. Bloß nicht zu dem Schneider Dickwanst.«

»Willi, so etwas sagt man nicht!«, schalt sie Willi.

»Wenn's doch aber so ist. Ich kann den fetten Kerl nicht ausstehen, der Vater so das Geld aus der Tasche zieht.«

»Hast ja recht, Junge, aber mit Gewalt rennst du dir nur den Schädel ein. Wir müssen es mit List versuchen. Ob der Schneider dich nimmt, liegt doch auch mit an dir. Vielleicht will er dich gar nicht haben, wenn du dich zu ungeschickt anstellst. Und wenn du dann eine andere Lehrstelle hast, ist Vater sicher froh, dass du ihm nicht länger auf der Tasche liegst. Also sei nicht dumm, wenn dein Vater dir sagt, dass du dir die Schneiderei mal ansehen sollst.«

»Ich will da aber nicht hin! Ich will nicht Schneider werden!«

»WILLI! Du musst zuhören! Wenn der Schneidermeister feststellt, dass du zwei verkehrte Hände hast, alles linke Daumen, und dass du schwer von Begriff bist, dann kannst du noch so freundlich zu ihm sein, dann will er dich bestimmt nicht haben, auch wenn er das mit Vater so besprochen hat. Vorsichtshalber gehen wir beide nachher zu dem alten Schlossermeister, der hinten auf dem Hof in der …«

»Oh, fein, Mutter. Da hab ich schon öfter zugesehen, der macht so schöne Fenstergitter, Gartentore und so. Das möchte ich gern lernen, das möchte ich auch können.«

»Na siehste, Junge. So gefällt mir dein Gesicht schon besser. Das Zuhören hat sich also gelohnt für dich. Und wenn der Schneidermeister dich nicht haben will, wird deinem Vater jede andere Lehrstelle recht sein, dann wird er endlich Ruhe geben.«
»Danke, Mutti.«

Der Schlossermeister legte sein Werkzeug aus der Hand, als Frau Martens mit ihrem Willi zur Tür hereinkam und ihn begrüßte.
»Guten Tag, Herr Meißner, haben Sie mal einen Augenblick Zeit?«
»Einen Augenblick schon. Um was geht's denn?«
»Unser Sohn will unbedingt Schlosser lernen.«
»Na ja! Gesund und kräftig sieht er ja aus. Aber eins sag ich gleich: Ich kann mir keine ›billige Arbeitskraft‹ zum Bierholen und Werkstattausfegen leisten. Hier wird gearbeitet! Nach einem Monat muss er sein Geld verdienen.«
»Dann müssen Sie mir aber auch zeigen, wie ich das machen kann!«, redete Willi dazwischen.
»Junge, sei ruhig und verdirb dir nicht alles!«, sagte Willis Mutter, aber der Schlossermeister beruhigte sie.
»Schon gut, Frau – äh?«
»Martens. Entschuldigen Sie.«
»Ja, Frau Martens, ich habe es zwar wirklich nicht gern, wenn man mich unterbricht, aber wo der Junge recht hat, da hat er recht. Ist selbstbewusst, das gefällt mir. Wie heißt du?«
»Willi, Willi Martens.«
»Gut, Willi. Dann geh doch mal an den Schraubstock da drüben. Da liegt ein Stück Eisen. Spann das mal ein. So, ja, und nun nimmst du dir eine Feile und schrubbst die Oberseite gerade. Gut, genügt. Ich habe gesehen, was ich sehen wollte. Dass du noch allerhand lernen musst, ist klar, aber ich bin sicher, dass du es lernst. Was bastelst du denn so?«
»Ach, Fahrrad reparieren und so was. Auch für Freunde, die das nicht können.«
»Merkt man, dass du nicht zum ersten Mal Werkzeug in den Händen

hattest. Du hast die Sachen schon recht geschickt angefasst. Ja, Frau Martens, wollen wir dann in mein Büro gehen und einen Vertrag machen?«

»Gern, Herr Meißner. Bitte nach Ihnen, Sie kennen den Weg.«

Diese Hürde war genommen. Würde die nächste auch so leicht zu nehmen sein?

Willi war wie ausgewechselt, war wieder so fröhlich, wie er früher war, als es noch nicht um seine Berufswahl ging.

Der Vater kam sehr spät nach Hause, hatte er doch einen guten Vorwand gehabt, seinen Freund, den Schneidermeister, in seinem Stammlokal aufzusuchen, und so fand die Besprechung mit seiner Familie erst am nächsten Abend statt.

»So, mein Junge, nun höre mir mal gut zu!«

»Ja, Papa.«

»Das brauchst du gar nicht so ironisch zu sagen.«

»Nein, Papa.«

»Nun werd nicht frech!« Und dabei holte der Vater zum Schlag aus.

»WILHELM!«, schrie ihn seine Frau an. »Nun hack nicht dauernd auf dem Jungen rum, sondern komm zur Sache. Wie bist du mit dem Schneidermeister verblieben? Darf der Junge sich das mal ansehen?«

»Kann er. Und er kann sogar 'n paar Tage da arbeiten. Und wenn euch das nicht passt, dass ich mich so um den Jungen kümmere, dann kann ich ja gehen.«

»Du brauchst nicht schon wieder in die Kneipe zu gehen. Sag uns lieber, wann der Junge zum Schneider gehen kann.«

»Mein'twegen morgen nach der Schule.«

»Okay, Vater. Mach ich. Freu ich mich schon drauf.«

Das Letzte war von Willi sogar ehrlich gemeint – nur eben aus anderen Gründen, als sein Vater glaubte.

Anderntags ging Willi zu dem verhassten Schneidermeister Otto Baumann. Er war erstaunlich freundlich für einen Jungen seines Alters, der etwas machen sollte, das ihm eigentlich gegen den Strich ging, aber seine Mutter hatte ihm klargemacht, dass aufsässiges Benehmen eher das Gegenteil vom gewünschten Erfolg bringen würde. Und seit dem Besuch beim Schlossermeister glaubte er ihr.

Der Schneidermeister war sehr förmlich und gönnerhaft. »Guten Tag, mein Junge. Es ist nett, dass du kommst. Dann lege dein Brot bitte hier in den kleinen Schrank. Deine Jacke kannst du dort im Kleiderschrank auf einen Bügel hängen. Wenn du so weit bist, dann kannst du dich auf den freien Platz dort am Fenster setzen, und dann wollen wir mal sehen, ob du für den Beruf geeignet bist. Dort liegen schon zugeschnittener Stoff, Schere und Nadelkissen. Du hast doch sicher beim Nähen schon zugesehen.«

»Natürlich, Herr Baumann.«

»Gut, dann fädelst du erst einmal weißes Reihgarn in eine Nadel und heftest die beiden Stoffteile rechts auf rechts zusammen. Das soll eine Tasche werden. Wenn du Fragen hast, dann komm bitte zu mir und störe nicht meine Angestellten. Hast du mich verstanden?«

»Ja, Herr Baumann.«

So nahm das Schicksal seinen Lauf – in Richtung Katastrophe.

Es dauerte und dauerte, bis Willi endlich eine Nadel eingefädelt hatte, aber dann probierte er es gleich an einer zweiten aus, und das ging schon schneller. Das fand der Schneidermeister, der Willi von Weitem beobachtete, dann ja lobenswert, und er kümmerte sich wieder um seine wichtigeren Obliegenheiten.

Weniger lobenswert fand der Schneidermeister allerdings, was er bei seiner nächsten Inspektion sah. Willi hatte den Stoff links auf links gelegt und nähte nach Sattlerart, indem er mit einer dicken Nadel ein Loch vorbohrte und dann die zwei Nadeln von links und rechts hindurchsteckte, wobei er den Faden jedes Mal so verknotete, wie er es einmal im Urlaub auf dem Dorf bei einem Sattler gesehen hatte. Ja, Willi hatte schon einmal beim Nähen zugesehen, da hatte er nicht gelogen!

Den Schneidergesellen war es schwergefallen, Willis Handlungen ohne Kommentar, sogar ohne spöttisches Grinsen zu beobachten, aber sie hatten es geschafft, weil sie sich auf das Gesicht und die Reaktion ihres Meisters freuten. Und sie wurden voll entschädigt. Dem Schneidermeister sträubten sich die Haare, als er Willis Machwerk sah. Er nahm sich zusammen und gab Willi eine andere Arbeit – mit dem gleichen Erfolg. Was immer man bei einer Arbeit falsch machen konnte, das machte Willi falsch. Als er dann noch mit seinen Bärenkräften eine kleinere Schere zerbrach, reichte es Meister Baumann: »Ist gut, mein Junge. Ich habe deinem Vater seinen Wunsch erfüllt und werde mit ihm reden. Aber ich glaube nicht, dass du es im Leben leicht haben wirst. Schneider wirst du jedenfalls nicht.« So hatte wenigstens einer ein Erfolgserlebnis.

Abends in der Stammkneipe trafen sich der Schneidermeister und Willis Vater.
»Na, Otto, war Willi bei dir?«
»Ja, war er. Aber, Wilhelm, nimm es mir bitte nicht übel …«
»Wieso? Is was? Irgendwas schief gelaufen? War er frech zu dir?«
»Nein, Wilhelm, Willi ist nicht frech geworden. Er ist ein ausgesprochen höflicher Mensch. Und sehr bemüht. Er ist zwar nicht schnell, aber eins muss ich sagen: Es ist schon eine erstaunliche Leistung, bei so wenig Arbeit so viele Fehler zu machen. Dein Junge muss ein Zwilling sein. Ein Mensch allein kann gar nicht so dämlich sein.«
»Was sagst du da? Mein Willi ist dämlich?«
»Saublöd so…« Weiter kam der Schneidermeister nicht, Willis Vater hatte ihm die Hand gegeben – auf eine sehr unhöfliche Weise. Die Wange des Herrn Baumann färbte sich knallrot. Danach war nicht nur seine Freundschaft mit Willis Vater zerbrochen.

Vater Martens war jetzt öfter im Hause. Seine Stammkneipe war ihm verleidet. Seit der Schneidermeister so schlecht über Willi geredet hatte, wurde Vater Martens in der Kneipe immer mit großem Hallo begrüßt und gefragt, ob Willi denn nun schon gelernt hätte, wie man eine Nadel einfädelt, damit er auch bald Schneidermeister werden könne. Sie wollten sich alle einen Maßanzug bei Willi bestellen. Vater Martens war es jetzt völlig gleichgültig, welchen Beruf sein Sohn erlernte, und er war wirklich froh, dass wenigstens der Schlossermeister seinen dummen Jungen als Lehrling angenommen hatte.

Kapitel 3

Schlosserlehre

Die Klage des Schneidermeisters Baumann hätte der Schlossermeister Meißner bestimmt nicht verstanden, denn bei ihm war Willi recht anstellig und ungeheuer wissbegierig. Meister Meißner zeigte Willi die wichtigsten Arbeitsweisen seines Handwerks und sagte ihm, dass er diese üben solle, bis er sie im Schlaf beherrsche. Während Willi übte, suchte der Meister ein paar einfache Arbeiten heraus, erklärte Willi, worauf er achten sollte, und ließ ihn ansonsten in Ruhe. Erfahrungen musste jeder Mensch selbst sammeln, man konnte ihm nur den einfachsten Weg dorthin zeigen, war seine Devise, und er griff nur ein, wenn Willi etwas noch nicht überblicken konnte, es gefährlich war oder ins Geld ging.

Da die Arbeiten für laufende Aufträge gebraucht wurden und Herr Meißner auch schon mal zu einem Kunden sagte, dass dieses oder jenes Stück von Willi gefertigt worden sei, strengte dieser sich natürlich sehr an, und ein Lob vom Kunden machte ihn glücklich.

Seine Ausbildungsvergütung verdiente Willi im zweiten Monat bestimmt, und so konnte auch der Meister nicht klagen.

Die Monate vergingen, Willi bekam immer schwierigere Arbeiten, musste immer häufiger mit dem Meister zusammenarbeiten und lernte sein Handwerk gründlich kennen.

In der Gewerbeschule allerdings fing man langsam an, ihn zu hänseln, denn wenn er auch auf dem handwerklichen Sektor seinen Mitschülern offenbar weit voraus war, von den Maschinen, von denen die anderen erzählten, kannte er kaum eine. Irgendwie wurmte es Willi, aber auf der anderen Seite wollte er dem Meister, der ihm so geholfen hatte und der ihm sein ganzes handwerkliches Können weitergab, auch nicht wehtun.

Nun, manches Problem löst die Zeit, so auch dieses.

Eines Tages war der alte Besitzer des Grundstücks gestorben und seine Kinder erhöhten sofort die Miete für die Wohnungen und vor allem für die Werkstatt so weit, dass der Betrieb nicht mehr genug einbrachte.

Schlossermeister Meißner sagte deshalb zu Willi: »Willi, du hast hier bis jetzt die rein handwerkliche Seite unseres Berufs erlernt. Bestimmt hast du von Kollegen in der Gewerbeschule gehört, dass in ihren Betrieben Maschinen für mancherlei Zwecke stehen. Sicher möchtest du auch lernen, solche Maschinen zu bedienen.«

»Na klar, Meister.«

»Das hatte ich nicht anders von dir erwartet, mein Jung. Bist neugierig wie 'ne Bergziege. Aber das ist gut so. Mit den Augen stehlen ist nicht unehrenhaft. Ich muss jetzt längere Zeit verreisen und habe mit dem Chef der bekannten Stahlbaufirma Stingelmayr gesprochen. Wir sind beide Lehrkollegen. Stingelmayr wäre bereit, dich einen Monat in der Lehrwerkstatt seines Betriebes an Maschinen ausbilden zu lassen. Wärst du auch dazu bereit?«

»Na klar, aber viel lern ich in einem Monat ja nicht, Meister.«

»Ja, Willi, da muss ich dir ja recht geben, so schwer mir das auch fällt. Aber mach erst mal den Monat und dann werden wir schon weitersehen.«

»Meister, ich will Ihnen nicht wehtun – und ich hab viel gelernt bei Ihnen …«

»… was andere nicht können und was dir manches Mal helfen wird, wenn dir keine modernen Maschinen zur Verfügung stehen. Bei Montage zum Beispiel. Da sitzen deine Kollegen, die nur das Arbeiten mit modernen Maschinen erlernt haben, ganz schön aufm Proppen. Aber natürlich musst du auch die Maschinenarbeit ebenso beherrschen wie die alten handwerklichen Fertigkeiten. Beides ist wichtig. Aber darüber reden wir nach meiner Reise weiter. Also, Montag, sieben Uhr, bei Meister Uhlmann in der Firma Stingelmayr melden. So, Willi, nu hau 'n Schlag rein, dass die Arbeit fertig wird!«

»Ja, Meister. Und danke!«

So bereitete Schlossermeister Meißner diplomatisch die Schließung seines Betriebes vor.

Willi konnte es kaum erwarten, endlich auch die Maschinen kennenzulernen, von denen er schon so vieles gehört hatte. Wahre Wunderdinger mussten das sein. Jetzt war es so weit.

In der Lehrwerkstatt wurde er dann von den anderen Azubis bestaunt wie ein Wundertier. Und dann ging es los mit den dummen Streichen. Die Werkzeugschublade unter Willis Werkbank war sehr schwergängig. Willi merkte es nicht, er war ja schwere Arbeit gewohnt.

Als er am zweiten Tag kurz seinen Arbeitsplatz verließ, ölten die Kollegen schnell die Gleitflächen der Schublade, sodass diese ganz leichtgängig wurde, und banden sie hinten mit einem dünnen Bindfaden fest. Wieder an seinem Platz, wollte Willi seiner Schublade ein Werkzeug entnehmen. Er zog wie gewohnt, der Bindfaden riss wie erwartet, die Schublade kam Willi mit Schwung entgegen und landete mit Getöse auf dem Fußboden.

»Na, Willi, willst du aufräumen?«, fragten die anderen.

Ein andermal kamen zwei Kollegen an.

»Du, Willi, kannst du uns mal eben helfen?«

»Gern, was liegt denn an?«

»Ja, einer soll den Stufenhobel holen und der ist so schwer. Kannst du das nicht mal eben machen? Du bist doch stark!«

»Aber sicher! Welchen Stufenhobel denn? Den für Sandstein oder den für Granit?« Die zwei Helden sahen sich ratlos an und wussten nicht mehr weiter. Willi grinste. »War wohl nix. Und nach den Gewichten für die Wasserwaage braucht ihr Dösköppe mich auch nicht zu schicken. Auf dem Bart von dem Witz hat sich mein Urgroßvater schon die Füße abgetreten. Guckt lieber mal auf das Chronometer!«

»Was für 'n Ding? Chromometer? Gibt's doch gar nicht!«

»Nee, ein Chromometer gibt's auch nicht, aber ein Chronometer, und das zeigt an, dass gleich Frühstück ist.«

»Ach, 'ne Uhr meint er. Hahaha!«

»Mensch, die doofe Lache passt aber gut zu euch. Mahlzeit!«

Zum Frühstück hatte jeder Azubi seine Flasche Milch.

Für Willi hatte man eine Flasche mit sauberer Bohrölemulsion hingestellt, die sah genauso aus. Das kannte Willi noch nicht, aber gehört hatte er davon in der Berufsschule und er wurde misstrauisch, als er bemerkte, dass so viele Kollegen aufmerksam zu ihm herüberschauten. Als jemand hinter ihnen vorbeiging, langte er vorsichtig hinter seinem Nebenmann herum und tippte ihm auf die abgewandte Schulter. Natürlich drehte der sich um und fragte den Vorübergehenden, was er denn wolle. Bis die beiden sich geeinigt hatten, tauschte Willi die Milchflaschen aus und trank einen kräftigen Schluck.

Sein Nebenmann fluchte nicht schlecht, als er die übel schmeckende Emulsion in den Mund nahm. Willi war selbstverständlich völlig ahnungslos, warum sein Nebenmann plötzlich so tobte und warum die anderen, die alles genau beobachtet hatten, so lachten. Hiernach sah man Willi schon mit ganz anderen Augen.

Willi hatte bald heraus, dass Erich Lüders, der Supersportler, die anderen Lehrlinge gegen ihn aufhetzte, und er nahm sich vor, dem eingebildeten Affen auch einen Streich zu spielen.

Die Gelegenheit ergab sich bald. Jemand hatte ein Pornoheft, der Ausbilder war zu einer Besprechung, der Lehrgeselle auch abwesend, und alle nutzten die Gelegenheit, sich das Pornoheft anzuschauen. Nur Willi fehlte in der Runde, aber das fiel niemandem auf, sie waren viel zu sehr mit den Bildern beschäftigt.

Willi ging an die Werkzeugschublade seines besonderen Freundes, legte ein paar Teile so hin, dass darauf ein Hammer wie eine Wippe mit dem Stiel nach vorn zu liegen kam. Hinten legte er noch etwas hin, damit der Hammer nicht nach hinten rutschen konnte. Dann schob er die Schublade zu. Klack – der Hammerstiel war hinter dem Winkeleisen, welches der

Werkbank vorn Stabilität gab und hinter das die Riegel der Schlösser fassten, nach oben gekippt und sperrte nun die Schublade gegen das Öffnen. Schnell weg, bevor jemand schaute!

Der liebe Kollege brauchte dann eine halbe Stunde, bis er den Inhalt der Schublade so hingeschüttelt hatte, dass er sie wieder öffnen konnte.

Willis Kommentar: »Es geht doch nichts über eine gut aufgeräumte Schublade.«

Der Monat in der neuen Umgebung und unter Gleichaltrigen verging für Willi wie im Fluge und dann stand er wieder vor seinem alten Meister.

»Tag, Meister.«

»Tag, Willi. So, da sind wir wieder. Na, hat's dir gefallen?«

»Prima! Hab allerlei dazugelernt.«

»Hab ich schon gehört. Ich hab mit dem Meister telefoniert. Er würde dich gern behalten, wenn du willst. Willst du?«

»Nun ja …«

»Brauchst gar nicht so rumzudrucksen, Willi. Der neue Hausbesitzer hat die Miete so kräftig erhöht, dass ich den Betrieb nicht mehr halten kann. Ich habe den Mietvertrag schon gekündigt, der läuft Ende des Quartals aus. Ich wollte dich nur nicht unter Druck setzen, du solltest dich unbeschwert einleben, deshalb habe ich das mit der Reise erfunden. Also, fühlst du dich da wohl oder möchtest du noch etwas anderes kennenlernen?«

»Ach, das gefällt mir da schon – aber schade ist es doch.«

»Ist nett, dass du das sagst, Willi. Darüber freue ich mich natürlich sehr. Aber man muss auch seine Grenzen sehen. Ich kann dich nur im halben Beruf ausbilden. Ja, und dann freue ich mich jetzt doch auf meinen wohlverdienten Feierabend. Also, pack deine Sachen und geh nach Hause. Ich ruf bei Stingelmayr an, dass du morgen früh bei denen wieder auf der Matte stehst. Zufrieden?«

»Okay, Meister. Und – und vielen Dank für alles! Vor allem, dass Sie mich vor der Schneiderlehre bewahrt haben!«

»Irrtum, Junge. Das war schon dein Werk. Ich hab mich köstlich amüsiert, als ich hörte, wie du dich da angestellt hast. Du und dumm?! Hättest Schauspieler werden sollen. So, und nun pack deine Sachen.«

Kapitel 4

Noch eine Lehre

Als Willi bei der Firma Stingelmayr einen Vertrag als Azubi bekommen hatte, machte es Erich Lüders erst richtig Spaß, ihn zu ärgern. Er war aber auch gegen andere ein widerlicher Kerl. Beim monatlichen Schwimmen zeigte er immer wieder, was für ein erstklassiger Sportler er doch war, indem er jeden, der nicht so geübt im Schwimmen war, unter Wasser drückte. »Stippen« nannte er das, und er hatte seine helle Freude daran.

Nachdem er auch Willi gestippt hatte, sann dieser auf Rache. Heimlich ging er jeden Tag zum Schwimmen, und nach acht Wochen konnte er schon zwei Minuten unter Wasser bleiben. Nebenbei erkundigte er sich nach den Abwehrgriffen, die man anwendet, wenn ein Ertrinkender den Retter behindert. Als er dann beim monatlichen Schwimmen gehänselt wurde, er sei ein Feigling, da traute er sich ganz schüchtern im großen Becken, dort, wo es am tiefsten ist, ins Wasser.

Selbstverständlich hatte Erich nur darauf gewartet. »Hol Luft«, rief er Willi zu, und schon stippte er ihn. Nur, was war das? Willi zappelte gar nicht hektisch, sondern zog Erich an den Beinen in die Tiefe, dann umfasste er ihn von hinten und hielt seine Arme fest umklammert. Jetzt wurde es Erich unheimlich. Er wehrte sich nach Leibeskräften, aber Willi hatte ihn so gefasst, dass er nicht freikam und immer hektischer herumzappelte. Das kostete Erich mehr Kraft als Willi, der nur festhielt. Als Willi merkte, dass Erich erlahmte, gab er ihm noch einen kräftigen Schwung nach unten, schoss dabei selbst weit aus dem Wasser, holte schnell Luft und tauchte davon.

Mit letzter Kraft kam Erich an die Wasseroberfläche. Er schaffte es gerade noch, sich am Beckenrand festzuhalten. Dann kamen ihm plötzlich Gewissensbisse. »Wo ist Willi?«, fragte er einen Kollegen und bekam zur Antwort: »Willi? Ach, der ist gerade getaucht. Bis ins Flache kommt er von hier. Wieso fragst du? Du bist ja ganz blau im Gesicht. Ist dir nicht gut?« Darauf eine Antwort zu geben, schaffte Erich nicht mehr. Zu groß war seine seelische Erschütterung, dass dieser unsportliche Willi ihn so blamiert hatte. Das Stippen machte ihm nun gar keine Freude mehr.

Willi musste nach der Lehrwerkstatt auch den Betrieb kennenlernen. Mittags saß er zwischen den Gesellen und Facharbeitern in der Kantine. Es gab Suppe. Der Altgeselle schräg gegenüber von Willi verspeiste sie mit Genuss. Das war nicht zu überhören. Leise machten die Kollegen ihre Witze, aber das störte den Genießer nicht. Er hörte es gar nicht. Als Willi es ihm jedoch nachmachte, da waren seine Ohren gut und er pflaumte Willi an, er solle ordentlich essen. Willi entschuldigte sich in aller Form: »Entschuldigen Sie bitte, aber ich bin noch Lehrling. Ich muss das erst noch lernen, damit ich das auch so gut wie Sie …« Der Rest ging in brüllendem Gelächter unter. Der Altgeselle war aufgesprungen und hätte fast den Tisch umgeworfen, aber seine Kollegen hielten ihn fest und machten ihm klar: »Der Junge hat ja recht! Du frisst wie 'ne Sau vorm Trog!«

Es wurde Herbst und es wurde Winter. Weihnachten ging vorüber, das neue Jahr war angebrochen und es kam die Zeit für den Winterausflug der Azubis. Willi und Erich machten den Ausflug selbstverständlich mit. Erich sah Willi nicht einmal an. Zu sehr brannte noch die Schmach in seinem Herzen, dass diese unsportliche Niete ihn, den hervorragenden Schwimmer, fast ersäuft hätte.

Petrus hatte es gut gemeint mit den jungen Menschen und hatte es kräftig schneien lassen. Eine dicke, frische Schneedecke schmückte die Landschaft. Zauberhaft.

Willi ging weit vorn, Erich in der großen Gruppe ein ganzes Stück dahinter. Plötzlich war es Willi, als höre er hinter sich Laufen und leises Lachen.

Er schaute sich kurz um und sah Erich mit einem großen Schneeball auf sich zukommen. Willi lief so schnell er konnte, und das waren immerhin 17 Sekunden auf 100 Meter. Erich schaffte das in elf Sekunden, und so kam er schnell näher. Das erwartungsvolle Lachen hinter Willi wurde lauter. Jetzt waren die Schritte dicht hinter ihm, gleich würde es so weit sein. Blitzartig hockte Willi sich hin, spürte einen Stoß im Rücken, etwas glitt über ihn hinweg.

Als Willi sich erhob, hakte ein Fuß an seiner Schulter. Er schüttelte ihn ab und wollte Erich, der mit dem Kopf in seinem Schneeball steckte, aufhelfen, aber als Erich sich aus seinem Schnee befreite und Willi mit wutverzerrtem Gesicht ansah, verzichtete der lieber auf das Helfen. Die beiden blieben bis ans Ende ihrer gemeinsamen Lehre unversöhnliche Feinde, was jedoch nicht an Willi lag.

Willi lernte bei Stingelmayr die andere Hälfte seines Berufes – das Bedienen der Werkzeugmaschinen – genauso gründlich, wie er zuvor die rein handwerkliche Seite erlernt hatte. Nach dreieinhalb Jahren war die Facharbeiterprüfung für ihn kein Problem.

Aber gerade seine Selbstsicherheit verdarb ihm sein Zeugnis. Die Prüfung musste in einem fremden Betrieb unter ungewohnten Bedingungen abgelegt werden. Das Material, die Zeichnungen und ein paar Werkzeuge lagen an den Arbeitsplätzen, einige Kleinwerkzeuge mussten die Prüflinge mitbringen. Unsicher traten die jungen Menschen an den ihnen zugewiesenen Schraubstock und studierten schweigend die Zeichnung. Es herrschte eine gespannte Atmosphäre. In diese Grabesstille hinein sagte Arnold, der Spaßvogel, laut und vernehmlich den weisen Ausspruch eines vormals in Deutschland herrschenden »Führers«: »Gebt mir vier Jahre Zeit!« Lautes Gelächter der Prüflinge, leises Schmunzeln in den Gesichtern der Prüfer. Der Bann war gebrochen.

Das Arbeiten an den fremden Maschinen bereitete bei allem schon erworbenen Fachwissen manche Schwierigkeit, aber man half sich gegenseitig, und so blieb niemand auf der Strecke.

Da wurde zum Beispiel gefordert, aus einem einfachen Spiralbohrer einen 90-Grad-Senker für Senkkopfschrauben zu schleifen. Viele Kollegen hatten damit Schwierigkeiten und gingen zu Willi. Der konnte das nämlich und war so doof, damit seine Zeit zu vertrödeln und Kollegen zu helfen.

Jetzt zahlte sich das Üben aus. Ein 90-Grad-Senker mit 7,3 Millimeter Durchmesser wurde gebraucht? 7,3-Millimeter-Bohrer mussten wir doch mitbringen?! Ran an den Schleifstein. Winkel zum Messen der 90 Grad? Wozu? Den Winkel hatte doch jede Fensterecke. Ruck, zuck – fertig. Einspannen und los.

»Junger Mann, wollen Sie Ihren Senker nicht erst ausprobieren?«, fragte ein Prüfer. Willi sah den Prüfer erstaunt an und sagte: »Warum? Den Senker habe ich doch eben geschliffen. Der muss doch schneiden.« Diese Antwort wurde Willi als dumm und arrogant ausgelegt und es nützte ihm gar nichts, dass der Senker einwandfrei schnitt, gar nicht besser sein konnte. Pech. An die falsche Aufsicht geraten.

Dann kam die mündliche Prüfung. Ein schon betagter Meister fragte Willi: »Herr Martens, wie spannen Sie ein Werkstück auf der Drehbank, das Sie nicht spannen können?« Da war Willi dann doch ratlos. Ein Werkstück spannen, das man nicht spannen konnte? Sonderbare, nein widersprüchliche Frage. Ein anderer Prüfer beendete seine Qual: »Herr Kollege, Sie meinen sicher aufkitten. Das ist heute kaum noch gebräuchlich. Das wird nicht mehr gelehrt. Das können Sie nicht von den jungen Leuten erwarten, dass sie das wissen.«

So war auch diese Hürde überwunden. Die Prüfung hatte Willi bestanden, und wenn seine Noten aus besagtem Grund auch nicht die besten waren, egal, die Prüfung war bestanden, und wer fragte später schon nach dem Wie? Außerdem blieb Willi ja bei Stingelmayr, und da kannte man seine Stärken und Schwächen: Schlosser, unverheiratet, sehr kräftig, weiß sich in jeder Lage zu helfen. Bekam auch ohne Maschinen jede Arbeit fertig – aber das war doch der ideale Facharbeiter für Montagen!

Auf Baustellen mussten die Monteure schon gelegentlich auf die eine oder andere Maschine verzichten – wenn nicht sogar auf alle. Und schon war Willi mit einer Montagekolonne unterwegs. Zunächst natürlich innerhalb Deutschlands.

Kapitel 5

Eine ganz andere Lehre

Dann musste Willi zur Bundeswehr. Natürlich ging es da nicht wie bei den alten Preußen zu, nein, die Bundeswehr war eine moderne Armee! Willi war auch hier der etwas vertrottelte Außenseiter. Jedenfalls hielt man ihn dafür. Na ja! Ein zackiger Soldat war er ja wirklich nicht, aber er machte jeden befohlenen Unsinn klaglos mit – auf seine Art.

Natürlich fand sein Vorgesetzter Gründe, sich über Willi zu ärgern. Und er zahlte es Willi heim. Bei einem nächtlichen Orientierungsmarsch ließ er Willi ein schweres Gerät schleppen und gab beim Marschieren im Gleichschritt so lange Schritte vor, dass Willis Hacken überlastet wurden.

Am Morgen in der Kaserne – Fußappell.
Der Unteroffizier trat auf Willi zu. »Umdrehen! Rechten Fuß hoch! Was ist das denn?«
»Eine Blase, Herr Unteroffizier.«
Der Unteroffizier beugte sich hinunter, um besser sehen zu können. Willi drückte mit dem Finger den Fünfmarkstück-großen Hautlappen nach unten, damit der Herr Unteroffizier den Erfolg seiner Schikane auch genau begutachten konnte, und ließ ihn dann wieder nach oben federn, dass dem netten Herrn das Blut ins Gesicht spritzte. Wütend wischte der sich das Gesicht: »Ab ins Krankenrevier!«

Der Arzt war ziemlich erstaunt, so etwas hatte er in seiner ganzen Dienstzeit noch nicht gesehen. Er verordnete Willi: »Drei Wochen Innendienst!«

Zu diesem Innendienst gehörte auch das Helfen in der Kantine. Willi musste zunächst Geschirr spülen. Dabei konnte er auf einem Fleck stehen und seinen Fuß schonen. Das heiße Wasser kühlte schnell ab durch das von den Rekruten immer wieder hineingestellte oder auch mit einem großen Wasserschwall hineingeworfene Geschirr. Um das auszugleichen, drehte Willi den Heißwasserhahn etwas auf und tat seine Pflicht.

Gerade war ein Stapel sauberen Geschirrs weggeholt und weggestellt, da kam ein sehr eiliger Nachzügler, sah, dass kein sauberes Geschirr für ihn bereitstand, griff wütend in das heiße Wasser, in dem Willi arbeitete – und brüllte auf wie am Spieß.

»Umfangreiche Verbrennung ersten Grades an rechter Hand und rechtem Unterarm«, stellte der Arzt fest.

Aber Willi hatte doch …?!

Ja, Willi arbeitete am anderen Ende des Waschbeckens und seine Haut hatte Zeit gehabt, sich an die Temperatur zu gewöhnen. Das Wasser war immer heißer geworden, aber nicht so heiß wie am Heißwasserzufluss, und die Haut war immer besser durchblutet.

Schließlich war Willis Fuß so weit wiederhergestellt, dass er schon etwas herumlaufen konnte. Er kam in den Unteroffiziersspeiseraum und sollte dort Essen ausgeben. Es gab Gulaschsuppe und Willi rührte immer kräftig mit dem Schöpflöffel die Suppe durch. Dass er den Löffel so hielt, dass nicht viel Festes darin blieb, sah niemand. Als der Rest dann in der Mannschaftskantine ausgeteilt wurde, staunte man darüber, wie dick und kräftig die gleiche Suppe für die Unteroffiziere war. Ja, es ging im Leben schon ungerecht zu.

Die drei Wochen waren herum und Willi war wieder dem Unteroffizier ausgeliefert. Selbstverständlich nutzte der seine Macht und machte noch einmal denselben Fehler. Die Wunde war noch nicht fest verheilt, wurde überlastet, Willi kam eine Woche ins Revier und hörte, wie der Stabsarzt den Hauptmann des Ausbildungsbataillons deswegen anrief.

»Ungeeignet« verstand Willi aus dem Wortschwall. Er sah den Unteroffizier nicht wieder. Und in Zukunft rieb er vor langen Märschen seine Füße nicht mehr mit Seife ein.

Auch die Zeit ging vorüber und Willi kam wieder zu Stingelmayr. Eine kurze Auffrischung der alten Kenntnisse, eine kurze Unterweisung an neuen Maschinen und Geräten in der Werkstatt, und dann ging die Reise ab in die restlichen Länder Europas und bald auch in andere Erdteile. Willi lernte die Welt kennen und bekam sogar noch Geld dafür. Er fand es herrlich.

Es waren nicht immer Luxusherbergen, in denen er und seine Kollegen untergebracht wurden. Manchmal waren es sogar richtige Bruchbuden, aber was sollte die Firma machen, wenn nichts Ordentliches am Ort war? Montagen sind nicht immer in der Großstadt, im Gegenteil, Baustellen sind häufig irgendwo weitab von dem, was wir »Zivilisation« nennen.

Dafür reiste Willi auch nicht wie ein Tourist. Ein paar Tage in einem Land mit anderen Touristen zusammen die Postkarten-Sehenswürdigkeiten betrachten, möglichst wenig Kontakt mit den Menschen, deren Sprache und Mentalität einem fremd sind. Und ja nicht hinter die Kulissen sehen, denn dort kann es schaurig sein. Nein, Willi leistete hier ein paar Monate harte Arbeit zusammen mit einheimischen Arbeitern, dort ein Jahr. Und Besichtigungsfahrten gab es oft genug an Wochenenden im Privatwagen (oder in der Kutsche) mit einem netten einheimischen Kollegen, der sich freute, einem Fremden die Schönheit seines Landes zeigen zu können.

Manches Mal wurde Willi auch von der ganzen Familie begleitet. Aber gegenüber den weiblichen Schönheiten war Willi bereits in Deutschland vorsichtig geworden, seit ihm einmal in einem Dorf an der Nordseeküste ein paar kräftige Bauernburschen gesagt hatten: »Hau aff! Wie pedd uns Heuner sülbens!« (»Hau ab! Wir treten unsere Hühner selbst!«)

Damals hatte Willi nur der Umstand gerettet, dass er von einem Lehrkollegen ein paar Judo-Griffe gelernt hatte. Der kräftigste Bauernbursche war plötzlich auf Willi zugetreten, Willi hatte ihn in Brusthöhe an der Jacke gepackt, ließ sich mit rundem Rücken nach hinten fallen, nutzte den Schwung des Angreifers und schob im Fallen seinen Gegner mit aller Kraft über seinen Kopf. Blitzartig war der Anführer der Gruppe unter einem Tisch verschwunden und Willi zur Tür hinaus. Alles war so schnell gegangen, dass es für eine Revanche zu spät war. Als die Bauernjungen sich von der Verblüffung erholt hatten, war vor der Tür weit und breit kein Willi zu sehen.

Glücklicherweise ging die Arbeit auf dieser Baustelle bald zu Ende, und so traf es Willi nicht allzu hart, dass er sich im Dorf nicht mehr blicken lassen durfte.

Willi war ab jetzt vorsichtig, trotzdem rettete ihn später in Italien einmal nur ein Sprung über eine Mauer vor den Brüdern eines Mädchens, mit dem er zu oft und zu eng getanzt hatte. Und in Spanien wollte man ihn unbedingt verheiraten. Meist war aber in den Camps gar keine Gelegenheit, sich solchen Gefahren auszusetzen, mit anderen Worten, da war es stinklangweilig.

Kapitel 6

Willi in Afrika

Ja, Langeweile nach Feierabend war oft eine schlimme Plage, in Afrika fast schlimmer als die Mücken.

Wer Langeweile kannte, der wusste, gegen Mücken konnte man ein Netz aufspannen, aber gegen Langeweile half nichts. Saufen? Nützte nichts, die Langeweile konnte besser schwimmen als der Mensch. Sie tauchte spätestens wieder auf, wenn das Geld alle war. Karten spielen? Wurde langweilig, wenn man kein Geld mehr hatte und deshalb keine Mitspieler mehr fand. Was blieb, war Langeweile.

Besonders schlimm war es einmal beim Bau eines Kraftwerkes, einem Prestigeobjekt und einer Schnapsidee. Irgendjemand hatte einem afrikanischen Staat als Entwicklungshilfe ein Kraftwerk mit Ölfeuerung angedreht. Das Kraftwerk wurde von einer Firma gebaut, die auf solche Anlagen spezialisiert war. Von einer zweiten Firma wurden ein paar Hochspannungsleitungen zu zukünftigen Industriestandorten installiert. Die Firma Stingelmayr sollte die Öltanks und die Entladestation bauen und die Rohrleitungen zu den Tanks verlegen. Mitten im Urwald. Fernab jeder Zivilisation. Nicht einmal ein Negerkral war da. Nur ein Fluss für Kühlwasser und ein Eisenbahngleis führten an dem geplanten Standort vorbei und der Waldboden war trocken und tragfähig. Das war anscheinend ausschlaggebend für die Wahl des Standortes.

Die Luft stand wie in einer Waschküche. Moskitos kamen gleich in ganzen Wolken zu Besuch. Schlangen und allerlei anderes Getier krochen in den Baracken herum und waren eine weitere Plage. Der Gipfel der Unannehmlichkeiten war jedoch der leitende Ingenieur des Stingelmayr-Teams, ein hervorragender Fachmann für technische Aufgaben, aber für die Menschenführung eine absolute Fehlbesetzung. Nein, dass er launisch war, das konnte man nicht gut behaupten. Ganz gewiss nicht, er war immer verärgert. Immer fuchsteufelswild. Kollegialität war ein ihm unbekannter Begriff und er konnte das Klima nicht vertragen. Und dann hieß dieser Teufel auch noch »Engel«. Es war der reinste Hohn.

In der Kolonne arbeitete auch der Kollege Klaus Willenbrink, ein Organisationsgenie. Offiziell gab es keinen Alkohol auf der Baustelle. Beim Kollegen Klaus gingen Schnaps und Bier nicht aus. Trotz Abgeschiedenheit und Verbot. Teuer zwar, aber immerhin. Offiziell waren auch Glücksspiele verboten. Beim Kollegen Klaus wurde jeden Abend gespielt. Kollege Klaus verlor zwar die meisten Spiele, die anderen aber das meiste Geld. Er gewann nur, wenn es sich lohnte.

Willi Martens machte sich nichts aus Kartenspielen und sah den Tatsachen lieber nüchtern entgegen. Das wurmte Klaus Willenbrink. Jemand, der nicht nach seiner Pfeife tanzte, war ihm zuwider.

»Na, Willi, hat dir deine Mami verboten, mal ein Glas Bier zu trinken?«

»Nein, Klaus, ich darf bechern, so oft und so kräftig, wie es mir gefällt. Und das mach ich doch auch.«

»Wieso, wann machst du das? Ich hab dich bei mir noch nie gesehen.«

»Eben! Weil mir das Saufen nicht gefällt. Aber wenn ich mich, so wie du, nüchtern nicht ertragen könnte, dann würde ich mich auch besaufen.«

Die Kollegen lachten. Mut hatte dieser Willi ja, das musste man ihm lassen.

Natürlich gab Klaus Willenbrink nicht klein bei. Immer wieder stichelte er, und eines Abends war es so weit, Willi trank ein Glas Bier mit ihm. Und natürlich blieb es nicht bei dem einen Glas und schon gar nicht nur beim Bier. Willi trank kräftig, aber er achtete sehr genau darauf, dass Klaus sich nicht drückte.

Willi war aber auch ein seltsamer Vogel. Immer kaute er etwas. Ein halbes Weißbrot hatte er schon so nebenbei gegessen. Und offenbar hatte er eine schwache Blase, denn dauernd rannte er raus hinter den nächsten

Busch. Machte nichts, da konnte man ihm wenigstens einen Schnaps in sein Bier gießen. Und Willi merkte das noch nicht mal. Er erzählte einen Döntje – eine Anekdote – nach dem anderen und alle wollten sich kaputtlachen. Ein bisschen schwer war seine Zunge ja schon, aber die Pointe saß immer: »Auf der Hochzeitsfeier schenkt der Vater der Braut dem jungen Paar drei Flaschen Sekt, deren jeweilige Marke einen Bezug zu dem Ereignis hatte, für das sie gedacht waren. Eine für den nächsten Abend, eine für ein Jahr später und eine für die Goldene Hochzeit. So, nun ratet mal, welche Marken das waren. Na, Klaus, du kennst dich doch mit Getränken aus, nu sach doch mal was. Ach, der sacht nichts mehr, der schläft schon. Klaus, dein Schnaps verdunstet. Los, austrinken! Wär' doch schade drum.« Und damit füllte Willi dem stark angeschlagenen Klaus einen ganz großen Korn ein.

»Na, was is? Wisst ihr nich? Is doch ganz einfach: Deinhard, Söhnlein und HENKELL TROCKEN.«

In so fröhlicher Stimmung verging die Zeit wie im Fluge. Klaus war schon sehr unsicher auf den Beinen und sein Sprechen war schon mehr ein Lallen, aber Willi hielt sich erstaunlich gut.

»Na, Willi, nicht bald genug?«, fragte ihn jemand, und jetzt gab Willi auch noch schaurig an: »Fängt doch grade an, Spaß zu bringen. Ich jedenfalls könnte noch 'ne Halbliterflasche Rum aussaufen.«

Das hörte Klaus natürlich gern.

»Kannst du h-haben, W-willi. A-auf meine K-k-kosten.«

»Aber du trinkst mit, mein lieber Klaus.«

»Klar d-doch. L-l-l-os, zw-w-wei Flaschen her! Na, denn man p-prost, W-willi.«

Beide tranken um die Wette und Willi gewann, musste aber gleich nach draußen hinter den Busch.

Dann erzählte er wieder einen Witz. »Apropos goldene Hochzeit. Gibt ja auch noch 'ne diamantene. Die feiert ein altes Ehepaar. Ein Reporter fragt den alten Herrn: ›Sie haben ja nun schon viele Jahre auf dem Buckel und sind noch beneidenswert frisch und munter. Haben Sie dafür ein Rezept?‹

›Nee. Nich, dass ich wüsste‹, antwortet der Jubilar.

Darauf der Reporter: ›Ja, äh, hm. Was trinken Sie denn so, zum Beispiel?‹

›Ja, Tee und Rum.‹

›So, so, Tee und Rum‹, wiederholt der Reporter. Aber er gibt sich noch nicht zufrieden und fragt weiter: ›Und welches Mischungsverhältnis bevorzugen Sie da?‹

›Wieso Mischungsverhältnis? Meine Frau trinkt den Tee und ich den Rum.‹«

Alle lachten, aber Willi wehrte ab: »Kinners, nun seid doch mal leise, is doch noch gar nicht zu Ende. Also, der Reporter wendet sich der alten Dame zu. ›Entschuldigen Sie, gnädige Frau, wenn ich vielleicht eine etwas indiskrete Frage stelle: Haben Sie in Ihrer langen Ehe jemals an Scheidung gedacht?‹

›Ob ich an Scheidung gedacht habe, junger Mann? Nein. An Mord!‹«

Gelächter, und Willi war wieder einmal verschwunden. Sehr schwache Blase. Aber schnell war er wieder da, um weiter an seinem Weißbrot zu kauen und den nächsten Witz zu erzählen. Ganz kam er damit allerdings nicht zu Ende, ein dumpfes Poltern unterbrach ihn. Klaus war unter den Tisch gefallen und Willi stand wie eine Eins. Klaus hatte eine Kraftprobe gewollt und sie verloren. Pech?

Willi wollte endlich seine Ruhe haben und hatte es heute darauf angelegt. Er hatte sich entsprechend vorbereitet. Zwischendurch hatte er noch dafür gesorgt, dass der Alkohol nicht zu viel Gelegenheit hatte, Schaden anzurichten, und hatte das Weißbrot immer wieder ausgespuckt.

Kollege Klaus musste vom Arzt behandelt werden und kam erst nach drei Tagen wieder zu sich. Alkoholvergiftung. Er belästigte Willi nicht wieder. Konnte er auch nicht. Als er wieder gehen konnte, wurde er nach Deutschland verfrachtet.

Kapitel 7

Ein peinliches Versehen

Auch der Umgangston von Herrn Ingenieur Engel wurde etwas besser, wenn auch erst ziemlich zum Ende der Arbeiten, und das kam so:

Eines Morgens kam ein Meister von der Firma herüber, die das Kraftwerk baute. Der »Engel« gab gerade die Weisungen für den Tag heraus – »Engels Morgensegen« sagten die Leute dazu –, als der fremde Meister eintrat.

»Einen wunderschönen guten Morgen allerseits.«

»Wieso das denn?«, blubberte Engel ihn an.

Der fremde Meister sah ihn einen Augenblick entgeistert an und meinte dann: »Entschuldigt, Leute, ich komme wieder, wenn er nüchtern ist, sagt mir bitte Bescheid.«

Jetzt war es an Engel, entgeistert zu gucken. Das Grinsen seiner Leute und Willis Zuruf: »Bleiben Sie ruhig hier. Herr Engel ist nicht besoffen. Der meint, ein Vorgesetzter muss so sein«, gab ihm dann wohl doch zu denken und er nahm sich in Zukunft etwas zusammen.

Warum der Meister gekommen war? Der Probelauf des Kraftwerkes sollte stattfinden, und dabei hatte man ein Problem entdeckt, welches dem Projektleiter doch sehr peinlich war und welches die Firma mit ihren Mitteln nicht lösen konnte. Ja, und weil die Angelegenheit so peinlich war, schickte der Herr erst einmal den Meister, um zu erkunden, ob Stingelmayr eventuell aus der Patsche helfen konnte. Er meinte: »Bei Stingelmayr ist doch immer alles hell erleuchtet. Sicher haben die ein Stromaggregat für die Beleuchtung.«

Nein, ein Stromaggregat hatte die Kolonne nicht, aber Gleichstromschweißgeräte mit Dieselantrieb, die eine Spitzenspannung von 60 Volt erzeugten, und mit irgendeinem Trick wurden damit einige Autobatterien aufgeladen. Das war die Beleuchtung.

Damit konnte der Meister auch nichts anfangen und das berichtete er seinem Vorgesetzten. Das Fragen kostete Überwindung, aber der Projektleiter sah keine andere Möglichkeit. Vielleicht konnte Stingelmayr doch helfen, der Meister hatte es nur nicht richtig angefangen. Also setzte der Herr sich schweren Herzens selbst in Bewegung und schilderte dem garstigen Engel das Problem: »Die Ölbrenner für das Kraftwerk haben jeder eine Kraftstoffhochdruckpumpe, die den für das Zerstäuben des Öls notwendigen Druck erzeugt, und ein Gebläse, welches die Verbrennungsluft genau dosiert in den Heizraum des Kessels blasen soll.« Ingenieur Engel verstand sofort und grinste. »Selbstverständlich werden die Aggregate mit ganz normalen Drehstrommotoren angetrieben, und die brauchen 380 Volt. In Europa ist die Versorgung mit 380 Volt Drehstrom kein Problem, und auch in dieser Gegend Afrikas ist das kein Problem – wenn das Kraftwerk läuft. Aber noch läuft es nicht, kann also keinen Strom für die Aggregate liefern, also kann kein Brenner betrieben, kein Kessel angeheizt werden und kein Probelauf stattfinden. Da beißt sich die Katze in den Schwanz.«

Der andere Ingenieur setzte fort: »Genau. Mit dem Flugzeug ein Notstromaggregat einfliegen? Das wären zwei Tage Flug, ein Tag Transport mit dem Lkw vom Flughafen zur Bahn, zwei Tage mit der Bahn zur Baustelle und drei Tage mit einem Brenner einen Kessel anheizen und die Turbine vorwärmen. Das macht – wenn ein Wunder geschieht und alles nach Plan läuft – zusammen acht Tage.«

»Wahrscheinlich dauert's aber doppelt so lange«, warf Engel ein. »Ja. Und in einer Woche soll die feierliche Inbetriebnahme des Kraftwerkes sein«, klagte der fremde Ingenieur. »Irgendetwas muss also geschehen, und das ganz schnell. Unsere eigenen, modernen Schweißgeräte sind alle ungeeignet, die erzeugen nur Gleichstrom.«

Engel runzelte die Stirn. »Etwa fünf Kilowatt Drehstrom 380 Volt, 50 Hertz? Lassen Sie mich nachdenken.« Engel kramte die Schaltpläne der

Schweißgeneratoren hervor, studierte einen nach dem anderen und dann ging ein Strahlen über sein Gesicht: »Hier, der muss gehen. Das ist ein Drehstromgenerator mit Gleichrichter. Allerdings auch nur 60 Volt Spitzenspannung, aber sechs Kilowatt und 24 Volt unter Volllast, also etwas Reserve. Aber der Motor muss reichlich schnell laufen, um die 50 Hertz einigermaßen zu erreichen. Sie haben doch erstklassige Elektriker? Gut, dann verkaufe ich Ihnen dieses Gerät, und Ihre Leute bauen einen entsprechenden Transformator. Und bestellen Sie lieber doch noch ein Notstromaggregat für später. Wenn der Probelauf und die Einweihungsfeier vorbei sind, wird das Kraftwerk mit Sicherheit wieder abgeschaltet. Wozu soll es laufen? Es sind doch noch gar keine Verbraucher vorhanden. Und viel Öl ist auch nicht in den Tanks. Es wird gerade für die Feier reichen. Beim nächsten Anheizen haben Sie dann dasselbe Problem, und ob der Diesel vom Schweißgerät noch einmal so lange die zu hohe Drehzahl aushält?«

Tatsächlich zauberten die Elektriker in kaum 24 Stunden einen Drehstromtransformator, der die nötige Spannung erzeugte. Der Diesel hielt die drei Tage durch. Ein Kessel konnte aufgeheizt werden und brachte eine Turbine zum Laufen. Damit gab es Strom genug, um alles in Betrieb setzen zu können. Der Termin, die Feier war gerettet. Gerettet durch einen Engel, wenngleich von einem recht garstigen.

Wieder in Deutschland, bestellte Ingenieur Engel gleich ein ganz modernes E-Schweißgerät für Baustellen. Das modernste, das auf dem Markt war. Das Geld für ein so teures Gerät? Engel hatte das Uraltgerät in Afrika für den Preis eines neuen verkauft. Na, und das gesparte Geld für die Rückfracht dazu, das reichte.

Kapitel 8

Mal wieder in Deutschland

Hin und wieder gab es für Stingelmayr, und damit auch für Willi, Aufträge in Deutschland, und dann reichte sein Arbeitsweg nicht um die halbe Welt. Die Firma hatte den Auftrag übernommen, in einem Atomkraftwerk die Rohrleitungen für radioaktives Wasser im Reaktorbereich zu verlegen.

Leitungen für radioaktives Wasser müssen aus einem Material sein, welches nicht durch Strahlung versprödet. Das Material, welches sehr viel Nickel enthält, muss mit Spezialelektroden geschweißt werden, welche ganz genau auf das Material der Rohre abgestimmt sind, damit auch die Schweißnähte nicht verspröden. Und mit diesen Elektroden muss man in jeder Lage einwandfrei arbeiten können – senkrechte Steige- oder Fallnähte, über Kopf und was sonst noch für schwierige Aufgaben bei Schweißarbeiten an Rohrleitungen vorkommen. Diese Marken-Elektroden sind allerdings wesentlich teurer als normale Fabrikate. Aber Kaufleute sind sparsam und Herr Stingelmayr junior, der die Firma inzwischen übernommen hatte, war sehr Kaufmann.

Willi hatte gerade seinen Befähigungsnachweis für derartige Spezialschweißungen wieder aufgefrischt und bewiesen, dass er die theoretischen Kenntnisse und die praktischen Fähigkeiten besaß, um Rohre aller Wandstärken aus jenem Spezialstahl in jeder Lage so miteinander zu verschweißen, dass zwar die Wand bis zur Innenseite des Rohres einwandfrei durchgeschweißt war, aber praktisch nichts in den Innenraum hineinragte, sodass auch keine Gasblasen oder Schlackeneinschüsse die

Festigkeit der Naht verringerten und außerdem nichts den Durchfluss behinderte.

Diese Prüfung müssen Spezialschweißer alle paar Jahre machen, sonst dürfen sie solche Arbeiten nicht ausführen, die Verantwortung ist zu groß.

Und jetzt sollte Willi mit auf die Reaktorbaustelle. Er freute sich, denn einerseits würde es sicher eine interessante Aufgabe sein und andererseits wäre es auch ganz angenehm, wenn man sich mal nicht nur mit den paar Arbeitskollegen aus der Firma, sondern mit allen Menschen, denen man begegnete, fließend unterhalten konnte.

Willi sah sich erst einmal seinen Arbeitsplatz, sein Werkzeug an. Die Gebäude waren fertig, besenrein. Die Rohre lagerten in der Turbinenhalle, eine große Kreissäge für Metall wurde gerade mit einem dicken Kabel baustellenmäßig angeschlossen, moderne Schweißgeneratoren standen bereit, die entsprechenden Kabel lagen schon daneben. Wunderbar. Im Lager daneben Schweißelektroden aller Stärken. Ausgezeich… Moment. Was war das für eine Qualität? Das konnte doch nicht wahr sein! Jede Menge Elektroden – und nicht eine für diesen Zweck brauchbare!

»Na, Willi, alles besichtigt und für gut befunden?«

»Besichtigt schon, Meister, aber gut?«

»Wieso? Sind doch alle Maschinen da, die man sich auf einer Baustelle nur wünschen kann. Sind doch auch alle prima in Schuss.«

»Stimmt, Meister, die Maschinen sind prima. Bloß brauchbare Schweißelektroden fehlen.«

»Aber da sind doch genug Elektroden in allen Stärken. Noch nicht gefunden?«

»Nee, jedenfalls noch keine brauchbaren.«

Der Meister ging mit Willi zum Regal. »Hier, genügt das nicht?«

»Nein, Meister, die Qualität genügt nicht für den Verwendungszweck.«

Noch einmal versuchte der Meister es im Guten: »Willi, die Elektroden sind einwandfrei.«

»Meister, die sind nicht für unsere Arbeit zu gebrauchen, damit arbeite ich nicht!«

Jetzt kehrte der Meister den Boss hervor: »Ach, Sie verweigern die Arbeit? Sie wissen, dass das ein Entlassungsgrund ist. Die Elektroden sind einwandfrei. Sie müssen damit arbeiten!«

»Entschuldigen Sie, Herr Byjik, ich wusste nicht, dass Sie inzwischen auch das Zeugnis als Spezialschweißer erworben haben. Herzlichen Glückwunsch. Aber dann müssen Sie …«

»Nein, das Schweißerzeugnis habe ich nicht. Und ich muss gar nichts, Sie müssen! Oder Sie fliegen. Da nützt Ihnen auch Ihr Schweißerzeugnis nichts. Ich spreche mit dem leitenden Ingenieur und dann werden wir ja sehen.«

»Herr Byjik! Wenn Sie von einer Sache nichts verstehen, dann sollten Sie sich auch kein Urteil darüber anmaßen. Auch nicht, wenn Sie hier als Meister herumlaufen. Wenn ich mich strafbar machen soll, dann müssen Sie mir das schon schriftlich geben. Ich halte nicht für Sie den Kopf hin! Und wenn ich nicht pfuschen will, dann können Sie mich deshalb nicht entlassen.«

Damit gingen die beiden Kampfhähne auseinander.

Meister Byjik ging zu van Bebber, dem leitenden Ingenieur. Er klopfte an die Tür der Baubaracke, hinter welcher das Büro lag.

»Herein. Ach, Meister Byjik, Sie sind's. Guten Tag.«

»So gut ist der Tag nicht, Herr van Bebber. Schlechte Nachrichten.«

»Wieso? Wo brennt's denn?«

»Es war ein Fehler, den Schweißer Martens hier auf die Baustelle zu holen. Der hat sich alles angesehen und hat die billigen Schweißelektroden gefunden.«

»Und jetzt weigert er sich, damit zu arbeiten. Stimmt's?«

»Stimmt, Herr van Bebber.«

»Recht hat er! Das sind die falschen Elektroden. Mir ist auch nicht wohl bei der Sache, die uns der junge Stingelmayr da eingebrockt hat. Bei dem Alten wäre das nicht passiert. Wenn es schiefgeht, hält der feine Herr seinen Kopf bestimmt nicht dafür hin, dann waren wir die Fachleute, die ihn falsch beraten haben. Aber was sollen wir machen? Haben Sie schon eine Stelle mit annähernd dem gleichen Gehalt?«

»Natürlich nicht, Herr van …«
»Und Martens?«
»Der hat sicher auch keine andere Stelle, aber der hat auch keine Familie. Und der hält bestimmt nicht den Mund.«
»Muss er aber! Wir dürfen Martens nicht verärgern, damit er keinen Grund hat zu reden. Er muss unauffällig weg. Und ich weiß auch schon einen Weg. Nehmen Sie schnell ein paar Leute und bereiten Sie in der Turbinenhalle eine kleine Begrüßungsfeier vor.«

Als das geschehen war, ging van Bebber zur Mannschaftsunterkunft und schickte alle in die Turbinenhalle, nur Willi Martens hielt er zurück. Van Bebber bedankte sich herzlich bei Willi. Viel Schaden habe er von der Firma abgewendet durch seine Aufmerksamkeit. Der Lieferant habe offenbar versucht, die Firma zu betrügen. Die Kollegen würden gebraucht, um die Elektroden zu verladen, und für ein paar andere Hilfsarbeiten, die man ihm nicht zumuten wolle, wo er sich doch so um die Firma verdient gemacht habe. Als Dank bekomme er Sonderurlaub, bis die richtigen Elektroden eingetroffen seien. Er solle man gleich seine Sachen packen und nach Hause fahren. Er werde Bescheid bekommen.

Bereits am übernächsten Tag bekam Willi Bescheid: ab zu einer anderen Baustelle.
Die Firma hatte auch den Auftrag übernommen, für ein anderes Atomkraftwerk einen großen, geschlossenen Wasserbehälter zu bauen, in den der überschüssige Wasserdampf geleitet werden sollte, falls das Kraftwerk wider Erwarten doch einmal eine Notabschaltung vornehmen müsste, die Turbinen also keinen Dampf brauchten. Weil dieser Wasserdampf eventuell geringfügig radioaktiv sein konnte, durfte er nicht ins Freie geblasen werden, sondern musste in das kalte Wasser geleitet werden, wo er sofort kondensierte.

Auf diese Baustelle wurde Willi geschickt. Das war einfacher Stahlbau. Willi mit seiner Spezialausbildung war da weit überbezahlt, aber er hatte keinen Grund zu klagen. Dort konnte er unmöglich falsche Schweißelektroden finden.Und dort begegnete er dem Kollegen Klaus Willenbrink wieder.

Nein, der liebe Kollege belästigte Willi in keiner Weise, im Gegenteil, er ging ihm weit aus dem Weg. Er hatte seine Lektion nicht vergessen und wartete lieber im Hinterhalt auf eine günstige Gelegenheit zur Rache.

Nach ein paar Wochen war der Behälter fertig und betriebsbereit. Aber so ganz trauten die Konstrukteure ihren Berechnungen wohl doch nicht, jedenfalls machten sie eine Probe aufs Exempel. An den Wärmetauscher, der einmal den im Reaktor umlaufenden radioaktiven Dampf von dem in den Turbinen benutzten fast sauberen Dampf trennen sollte, wurde ein alter Schiffskessel als Dampferzeuger angeschlossen. Als die Anlage auf vollen Druck gebracht war, wurde der Dampf in den Kaltwasserbehälter abgeblasen.

Die Ingenieure, die den Vorgang aus sicherer Entfernung und von höherer Warte aus betrachtet hatten, jubelten: Der gesamte Dampf war abgeblasen und aus dem Sicherheitsventil war auch nicht ein Wölkchen entwichen. Das Getöse rund um den Behälter hatten sie auf ihrem Aussichtsturm nicht gehört und sie hatten auch nur auf das Austrittsrohr des Ventils geschaut. Jetzt standen sie mit langen Gesichtern um den Wasserbehälter herum und verstanden die Welt nicht mehr. »Oh, Gott, was ist denn damit passiert?«, fragte einer. Willi, der zufällig daneben stand, meinte: »Ja, sieht aus wie 'ne Konservendose, wo die Kinder Fußball mit gespielt haben. Wundert Sie das?«

»Ja, natürlich wundert uns das! Der Behälter ist aus dickem Stahlblech. Und er hat doch keinen Druck auszuhalten, außer dem bisschen Druck durch die Wassersäule.«

»Tja, und dann sind die Beulen auch noch nach innen, gegen den Druck der Wassersäule. Wie kommt das bloß, wie kommt das bloß? Sie haben den Dampf mit hohem Druck aus einem dicken Rohr in das Wasser blasen lassen. Gibt das nicht große Dampfblasen?«

»Ja, sicher«, wurde Willi bestätigt. Und dann stellte Willi eine wohl saublöde Frage: »Was passiert eigentlich mit einer Dampfblase, wenn der Dampf auf 100 Grad abgekühlt ist?«

»Na, das weiß doch jedes Kind, dass daraus wieder Wasser wird.«

»Ach, das wissen Sie also doch. Und wie viel Raum nimmt das Wasser von einem Kubikmeter Dampf ein? Wie lange dauert es, bis der Dampf fast weg ist? Und wie wird das Loch so schnell gefüllt?«

Betretenes Schweigen ringsherum. Die hohen Herrschaften liefen auseinander wie eine Hühnerschar unter dem Habicht.

Aber einer schlug sich mit der flachen Hand vor die Stirn und stöhnte: »Mein Gott, das stimmt ja. Wenn der Heißdampf mit hohem Druck aus einem dicken Rohr in das Wasser geblasen wird, dann entstehen selbstverständlich riesige Dampfblasen, die dann blitzartig wieder verschwinden. Und gegen das Vakuum drückt der Luftdruck von außen dann mit bis zu zehn Tonnen auf einen Quadratmeter auf die Behälterwand. Dass daran niemand gedacht hat und den Dampf durch kleine Löcher in das Wasser austreten lässt?!«

Ein älterer Ingenieur, der das Selbstgespräch mit anhörte, nickte Willi grinsend zu und meinte: »Ja, Experten. Wissen alles über Atomenergie, aber nichts über Warmwasser. Ich habe für den Schiffbau Hochdruckkessel konstruiert und an Bord die Abnahmefahrten mitgemacht. Die Sailors haben im Krieg die Erscheinung mit den Dampfblasen übrigens beim Wäschewaschen genutzt. Wenn sie die Wäsche in kaltem Wasser einweichten und das Wasser mit Dampf aufheizten, dann lösten die Erschütterungen den Schmutz aus der Wäsche. Die haben natürlich nur ein dünnes Rohr benutzt. Die Blasen waren klein und das Waschen geschah relativ leise.«

Selbstverständlich kam Willis Verhalten dem leitenden Ingenieur zu Ohren, und der war sauer. Der liebe Kollege Klaus Willenbrink sah, wie das Gesicht des Herrn beim Vernehmen der Botschaft zur Maske erstarrte. Das war die Gelegenheit für die Rache.

Als Willi sich am Abend schlafen gelegt hatte, ging Klaus noch ein wenig telefonieren. Er rief mit verstellter Stimme den Projektleiter an, erzählte von der Blamage und sagte etwas von Unfähigkeit.

»Mit wem spreche ich?«, fragte der Ingenieur.

»Na, mit wem wohl? Ich hab dir Armleuchter doch vorhin nach dem Versuch schon gesagt, dass du doof bist, und jetzt kennst du mich nicht mehr? Also auch noch 'n schlechtes Gedächtnis. Ja, dann ist dir überhaupt nicht mehr zu helfen.«

»Ach, Sie sind es, Herr Martens. Wir sprechen uns morgen weiter.« Damit war das Gespräch zu Ende. Eigentlich war der Projektleiter Willi wegen des Anrufs nicht böse, im Gegenteil.

Am nächsten Morgen wurde Willi ins Büro zitiert. »Herr Martens, Sie müssen einsehen, dass mir nach diesen respektlosen Bemerkungen über meine Arbeit vor allen Leuten und dem Anruf gestern Abend, gespickt mit groben Beleidigungen, eine Zusammenarbeit mit Ihnen nicht mehr zuzumuten ist! Ich habe bereits mit der Geschäftsleitung gesprochen. Es wurde mir bestätigt, dass Sie auch auf anderen Baustellen Schwierigkeiten mit Ihren Vorgesetzten hatten und dass der Einsatz hier eine Strafversetzung war. Der Betriebsrat wurde davon unterrichtet und hat keine Einwände gegen eine fristgerechte Kündigung erhoben. Sie sind ab sofort bis zum Ablauf dieser Frist beurlaubt. An Ihre Pflicht zur Verschwiegenheit brauche ich Sie wohl nicht zu erinnern, das haben Sie ja unterschrieben. Ihre Papiere und ein Ihren Leistungen entsprechendes Zeugnis werden Ihnen per Post zugestellt. Und nun verschwinden Sie schnellstens von der Baustelle, ich will Sie hier nicht mehr sehen!«

»Was für ein Anruf?«, wollte Willi noch fragen, aber das überschrie der Herr Vorgesetzte: »RAUS!«

Kapitel 9

Arbeitslos

Schweigend packte Willi seine Siebensachen und fuhr davon. Grinsend sah Klaus Willenbrink ihm nach. Wer zuletzt lacht, lacht am besten!
Anderntags kam Willi an das Tor von Stingelmayr.
»Guten Tag! Ich möchte mit dem Betriebsrat sprechen.«
»Name?«
»Willi Martens.«
»Willi Martens? Da war doch was. Moment. Ach ja, hier. Tut mir leid, Willi, aber ich darf dich nicht reinlassen. Schriftliche Anweisung.«
»Aber du darfst doch dem Betriebsrat am Telefon sagen, dass ich ihn sprechen möchte?! Und der Betriebsrat darf doch ans Tor kommen? Oder ist das auch verboten?«
»Moment. Nein, davon steht hier nichts in der Anweisung. Ich ruf ihn mal an.«
Der Betriebsrat kam, man ging in den kleinen Besprechungsraum für Vertreterbesuche und dort erfuhr Willi Genaueres über das Telefongespräch, welches er mit dem Projektleiter geführt haben sollte.
»Was erzählst du da? Ich soll bei dem Boss angerufen und solchen Mist erzählt haben? Warum sollte ich?«
»Komm, Willi, wer soll es sonst gewesen sein? Du hast doch unter den Kollegen keine Feinde. Oder?«
»Nee, eigentlich nicht. Höchstens – nee, für so fies halte ich den auch wieder nicht. Er hat zum Abschied zwar höhnisch gegrinst, aber – nee.«
»Wieso, wen meinst du?«
»Ach, nichts! War nur mal so 'n Gedanke.«

»Komm, Willi, raus mit der Sprache! Du hast also mal mit jemand Streit gehabt. Mit wem?«

»Ach, Streit ist übertrieben. Der Klaus konnte mich damals in Afrika …«

»Klaus Willenbrink? Der sich in Afrika so besoffen hat?«

»Ja, der. Aber das ist doch lange her.«

»Aber wohl nicht lange genug. Jetzt fällt mir das wieder ein. Der hat ganz schön herumgeflucht und wollte sich an demjenigen rächen, der ihm den Ärger eingebrockt hat. So, und das warst du dann wohl. Du hattest also doch einen Feind auf der Baustelle! Ich will mich mal umhören, ob daher vielleicht der Wind weht. Und was war da auf der vorhergehenden Baustelle? Da hattest du doch auch Schwierigkeiten, deshalb hat man dich doch strafversetzt.«

»Ach, so hat man das gedreht. Ich hatte da die falschen Schweißelektroden entdeckt und mich geweigert, damit zu arbeiten. Aber die sollten die Kollegen doch sofort wieder verladen. Die Kollegen sind doch alle in die große Halle beordert worden, wo der Mist lagerte.«

»Hä? Ich weiß nur von einer fröhlichen Feier, die in der großen Halle stattfand an dem Abend, an dem man dich nach Hause geschickt hat. Das wird ja immer mysteriöser. Du hörst von mir. Aber geh vorsichtshalber gleich zum Arbeitsamt, damit dir kein Tag von deinen Ansprüchen verloren geht, falls der Betrieb nicht bereit ist, dich zu behalten. Bis dahin tschüs.«

So begann das große Warten für Willi. Langeweile hatte er bereits bei seinen Einsätzen kennengelernt, aber da war es Erholung nach einem schweren Arbeitstag. Jetzt lernte er etwas Neues, ihm völlig Unbekanntes kennen: Langeweile als Dauerzustand.

Willi fühlte sich auf einmal so überflüssig. Beim Nachdenken über sich selbst spürte er mit einem Mal eine tiefe Leere in sich. Irgendetwas fehlte, was seinem Leben, seiner Arbeit einen tieferen Sinn gab. Sicher, Willi war immer stolz auf seine Arbeit gewesen, die er beherrschte und die nun fehlte. An wie vielen großen Werken hatte er mitgearbeitet, und dass sie einwandfrei ihren Zweck erfüllten, war schließlich auch sein Verdienst.

Willi hatte auch bei seinen Eltern nichts mehr auszustehen, seit sein Vater sich schließlich doch an den Gedanken gewöhnt hatte, dass sein Sohn kein kleiner Junge mehr war, den man herumkommandieren konnte, sondern ein erwachsener Mann, der schon viel mehr von der Welt gesehen hat als sein Vater.

Willi saß auch nicht Trübsal blasend zu Hause herum, er ging ins Theater, zum Tanzen, ins Kino oder sonst wohin. Trotzdem, irgendwie kam ihm das Ganze schal und abgestanden vor. Leben – das muss doch mehr sein als entweder nur arbeiten oder nur die Zeit totschlagen.

Am Anfang waren da noch Laufereien zum Arbeitsamt, Gespräche mit dem Betriebsrat und mit dem Rechtsbeistand der Gewerkschaft gewesen. Der Betriebsrat hatte in Erfahrung gebracht, dass Klaus Willenbrink am Abend nach Willis Abreise ein fröhliches Fest gefeiert hatte und dass er sich mehrfach so geäußert hatte, als betrachte er Willis Entlassung als einen persönlichen Triumph, aber als Beweis gegen Klaus Willenbrink war das zu mager, nicht gerichtsverwertbar.

Auch am Zeugnis war nichts auszusetzen. Die vielseitigen Fähigkeiten, der Fortbildungseifer, die Anpassungsfähigkeit und der Fleiß Willis wurden in den höchsten Tönen gelobt, nur das Ende des Zeugnisses war etwas seltsam: »… Herr Martens war bei allen Arbeitskollegen sehr beliebt und auch um ein gutes Verhältnis zu seinen Vorgesetzten war er stets bemüht. Wir bedauern sein Ausscheiden sehr, es geschieht jedoch in beiderseitigem Einvernehmen.«

Nichts daran war falsch, aber jeden Personalchef, jeden Meister würde die Formulierung »um ein gutes Verhältnis zu seinen Vorgesetzten war er stets bemüht« misstrauisch machen. Waren seine Bemühungen um ein gutes Verhältnis zu den Vorgesetzten vielleicht erfolglos? Einen Querulanten wollte man lieber nicht einstellen.

Bei der Verhandlung vor dem Arbeitsgericht stellte der Richter dann fest: »… es ist jedoch nicht erwiesen, dass der ausschlaggebende Anruf tatsächlich von Herrn Martens geführt wurde. Im Zweifelsfall aber muss das Gericht von der Unschuld des Beschuldigten ausgehen. Nachdem es jedoch hier zur Verhandlung gekommen ist und beide Seiten scharfe Kritik aneinander geübt haben, ist ein vertrauensvolles Zusammenarbeiten in der Zukunft nicht zu erwarten. Eine Fortsetzung des Beschäftigungsverhältnisses würde für beide Seiten eine unzumutbare Belastung darstellen. Herrn Martens steht bis zum Ende dieses Monats der volle Lohn zu, die beanstandete Formulierung im Zeugnis ist zu korrigieren. Gegen dieses Urteil kann innerhalb von vier Wochen Berufung eingelegt werden. Die Verhandlung ist geschlossen!«

Sein Recht hatte Willi ja nun bekommen und seine Arbeitslosigkeit fing erst jetzt an zu zählen. Nur, Arbeit hatte er keine mehr. Und gerade jetzt wollte er arbeiten, denn er hatte wieder einen Sinn in seinem Leben gefunden, er hatte sich ernsthaft verliebt. In Elvira. Sie war eine fröhliche, warmherzige junge Frau. Klug und hübsch war sie auch noch. Sogar ans Heiraten dachte Willi jetzt, und dafür brauchte er Geld. Sicher, Zeit brauchte man auch dafür. Für die Wohnungssuche, zum Möbelkaufen, zum Malen und Tapezieren, zum Umziehen, zum Einrichten der Wohnung. Und Zeit, um einander richtig kennenzulernen, Zeit für die Liebe brauchte man natürlich auch.

Für all das hatte Willi jetzt viel Zeit – trotz seiner vielen Bewerbungen und persönlichen Vorstellungen. Aber es war wie verhext. Zunächst hatten sich die Personalchefs an der beanstandeten Formulierung im Zeugnis gestoßen, jetzt fanden sie andere Gründe. Willis Schweißerzeugnisse waren inzwischen abgelaufen, dass er gut in Übung wäre, konnte er auch nicht mehr mit gutem Gewissen behaupten, und für einfache Schlosser sah es auf dem Arbeitsmarkt schlecht aus.

Aber arbeiten wollte, musste Willi. Gerade jetzt. Es musste ja nicht unbedingt als Spezialschweißer sein, auch wenn er dafür den höchsten Lohn bekommen würde. Und auch Schlosser musste es nicht unbedingt sein. Wozu hatte er zum Beispiel beim Bund den Lastwagenführerschein gemacht? Damals hatte er den Führerschein eigentlich nur gemacht, um sich vor dem unangenehmen Dienst zu drücken, aber das spielte doch keine Rolle. Die notwendigen Kenntnisse und Fähigkeiten hatte er erworben und der Führerschein galt noch immer.

Kapitel 10

Die Reise nach Ungarn

Willi hatte nach monatelangem Warten Glück. Bei einer großen Speditionsfirma war ein Fahrer ausgeschieden und er bekam die Stellung. Fernfahrten mit einem 30-Tonner. Willi wusste, dass er dann selten nachts zu Hause sein würde, aber er musste Geld verdienen.

Willi machte zunächst ein paar kleine Touren als Beifahrer, dann saß er selbst am Steuer, mit einem alten Fernfahrer neben sich als stillem Beobachter. Dabei passierte es. Er fuhr auf einer Vorfahrtstraße durch die Stadt. In einer Stoppstraße kam ein junger Fahrer mit reichlich Tempo an die Haltelinie herangeschossen und sein Fahrzeug stand ein ganzes Stück in die Hauptstraße hinein. Für Willi war es zum Abbremsen zu spät. Ausweichen? Wohin? In den Gegenverkehr? Der Lastzug streifte den Pkw und dem fehlte daraufhin vorn nicht nur der Kühler. Der alte Fernfahrer ging mit Willi zu dem Unglücksraben und fragte ganz höflich: »Entschuldigen Sie, junger Mann, genügt es Ihnen so? Oder sollen wir noch mal zurücksetzen?«

Dem forschen Fahrer verschlug es die Sprache, er bedankte sich nicht einmal. Am Lastzug war nicht viel zu sehen, die Schuldfrage war klar, und nachdem die Polizei den Unfall aufgenommen hatte, konnte Willi weiterfahren.

Eine Weile später wurde die Straßenbeleuchtung eingeschaltet. Die Doppelreihe der Lampen am Straßenrand begann auf einen Schlag zu leuchten, über der Kreuzung, weit voraus, leuchtete eine Natriumdampflampe rot auf und wurde langsam gelb. Noch etwas leuchtete gelb auf und dann rot. Willi schreckte mit einem Mal hoch. »Verdammt, das hat ja mit der anderen Beleuchtung nichts zu tun, das ist ja eine Fußgängerampel.« Vollbremsung! Es reichte gerade noch.

Es gab keinen Ärger für Willi, denn auch der alte Fernfahrer hatte das als Straßenbeleuchtung wahrgenommen, und bis ihn das Unterbewusstsein warnte, wäre es auch bei ihm reichlich spät gewesen.

Man war mit Willis Fahrkünsten zufrieden und er wurde fest eingestellt. Willi bekam seine erste Fernfahrt, eine Fracht nach Szeged im schönen Ungarn. »Herr Martens, Sie fahren den Zug dann erst einmal bis zur Autobahnraststätte Nürnberg-Feucht, dort übernimmt dann der Kollege Lindemann. Das Weitere sagt Ihnen dann der Kollege. Der ist schon seit acht Jahren bei uns und kennt sich aus. Wird übrigens nur Franz genannt. Hier sind Ihre Fahrzeugpapiere, Frachtbriefe und so weiter. Gute Fahrt.«

Willi freute sich: Hamburg – Nürnberg, das war doch ein Klacks. Er prüfte, ob die Ladung sicher verstaut, das Fahrzeug sonst in Ordnung war. Alles okay. Also los.

Kollege Franz wartete schon auf dem Rastplatz neben einem Lastzug der Firma. Franz kam auch gleich auf Willi zu mit einem Kuvert in der Hand. Er wunderte sich, dass Willi ihm nicht mit den Papieren entgegenkam. Aber dann fiel ihm ein, dass Willi ja neu in der Firma war und von Tuten und Blasen wohl keine Ahnung hatte. Franz kletterte zu Willi in die Fahrerkabine. »Tach, Willi. Ich bin der Franz. Du bist neu in dem Verein? Na, dann muss ich dich wohl erst mal aufklären. Also, wir haben beide dieselbe Tour nach Szeged. Wir tauschen jetzt die Fahrzeuge und die Papiere, dann hat bei einer Kontrolle jeder nur die zulässige Fahrzeit am Steuer seines Fahrzeugs gesessen. Das kann jeder notfalls auch beeiden. Wir treffen uns auf dem Rastplatz Wiener Neustadt wieder. Der ist sehr ruhig, da schlafen wir erst mal und da kann ich dir dann beim Frühstück das Weitere erzählen. Also, mach's gut, Willi. Ach so, hätt' ich beinah vergessen: Die A 21 südlich von Wien hat 'ne sehr starke Steigung. Sieh zu, dass du keine lahme Ente vor dir hast. Wenn du erst mal den Geländegang drin hast, kommst du nicht mehr raus. So, nun lass mich mal auf meinen Platz. Auf Wiedersehn bei Wien.«

Willi gehorchte automatisch. Er hatte die Worte vernommen, aber begriffen hatte er eigentlich nichts. Die Tür schlug zu, der Motor des Lastzuges, mit dem er gekommen war, sprang an, das Fahrzeug setzte sich in Bewegung, Willi stand allein auf dem Parkplatz, sah »seinem« Lastzug nach und dachte, er träume.

Die Schüssel in seiner Hand und die Papiere zeigten ihm, dass es kein Traum war, sondern harte Realität. Man hatte ihn also geleimt.

»Aber«, überlegte Willi, »wie soll ich beweisen, dass die Fahrer in dieser Firma zwei Schichten am Tag hinter dem Lenkrad sitzen? Wenn ich zur Polizei gehe, dann komme ich womöglich noch wegen übler Nachrede vor Gericht, und dann brauche ich mich gar nicht mehr als Kraftfahrer zu bewerben, das wäre schnell in der Branche herum. Kündigen? Auch dann stellt mich bald niemand mehr ein, und ich will, ich muss ja arbeiten und Geld verdienen. Und Geld gibt es hier für zwei Schichten. Ja, Angebot und Nachfrage bestimmen also in der Marktwirtschaft nicht nur Preis und Lohn, sondern auch den Wert der Gesetze.«

Bei der Fahrt durch die Berge sahen die beiden Fahrer von der schönen Landschaft nichts, sie waren zum Umfallen müde. Die Nacht auf dem Rastplatz war dann wirklich ruhig. Willi und Franz setzten sich am nächsten Morgen gut erholt ans Steuer. Franz fuhr voran, denn er kannte die Strecke, Willi folgte ihm in Sichtweite. Vor dem Grenzübergang nach Ungarn hatte sich Willi etwas gefürchtet. Er war schon mal mit seinen Eltern in einem Pkw in die DDR gefahren und hatte schlechte Erfahrungen mit sozialistischen Grenzbeamten gemacht. Er war erstaunt, wie schnell und unbürokratisch es hier lief. Keine »deutsche Gründlichkeit«, nur sachgerechtes Handeln.

Willi dachte: »Welch ein Gegensatz zur DDR-Grenze. Auf westdeutscher Seite hatte man uns damals gefragt: ›Wohin wollen Sie?‹ Meine Mutter hatte wahrheitsgemäß geantwortet: ›In die DDR, wenn Sie gestatten.‹ Man konnte deutlich sehen, dass der Herr mit der Antwort nicht zufrieden war, aber er traute sich offensichtlich nicht, weitere Fragen zu stellen. Wer weiß, was er dann für Antworten bekommen hätte.«

Der Verkehr beanspruchte Willis Aufmerksamkeit kaum und er überlegte: »Ob der westdeutsche Grenzbeamte seine ostdeutschen Kollegen informiert hat, dass da eine ganz besonders aufsässige Familie auf sie zukommt? Jedenfalls haben die Grenzer der DDR über eine Stunde den Pkw und das Gepäck durchsucht. Mutter hatte einen ganzen Stapel Handarbeitsmuster aus der Fernsehillustrierten für ihre Schwester eingepackt. Jedes einzelne Blatt haben sie genau betrachtet. Sie haben ja schließlich auch etwas gefunden: Einen 50-Mark-Schein in einem Seitenfach der Brieftasche, an den mein Vater überhaupt nicht mehr gedacht hatte. Aber man war gnädig und ließ uns trotzdem passieren.

Dann das Theater auf dem Rückweg. Wir hatten die erste Sperre passiert und die Papiere abgegeben. Vater war dann weitergefahren mit der vorgeschriebenen Geschwindigkeit, und schon überholte uns so ein junger Rennfahrerverschnitt. Wir ahnten, was nun kommen würde. Unsere Wagenpapiere lagen oben auf dem Stapel und am ersten Wagen stand eine andere Nummer. Wie sollte das zusammenpassen? Die Uhr rückte damals unerbittlich auf Mitternacht zu. In der Reihe nebenan wurde ein Fahrzeug nach dem anderen abgefertigt, unser Vordermann natürlich nicht, seine Papiere fehlten ja. Nach einer guten halben Stunde ging Vater nach vorn. ›Na, zufrieden mit dem Erfolg?‹ – ›Wieso?‹, bekam er zur Antwort. ›Was hab ich denn damit zu tun, wenn die uns schikanieren?‹ Und Vater sagte: ›Junger Mann, die schikanieren uns nicht, die warten nur auf den Wagen, dessen Papiere oben auf dem Stapel liegen, und das sind nicht Ihre. Nun sehen Sie man zu, dass Sie das vor Mitternacht in die Reihe kriegen, sonst hole ich mir das Geld, das ich nach Mitternacht mehr bezahlen muss, von Ihnen wieder. Ihre Autonummer habe ich notiert und die von ein paar Hintermännern auch, falls sie vor Gericht Zeugen brauchen. Die werden sich freuen, wenn sie von Ihnen Geld holen können. Und noch etwas: Ein Gaspedal runtertreten kann jeder Ochse, das hat mit Fahrenkönnen nichts zu tun. So, und nun erklären Sie den Grenzbeamten, was Sie für

Mist gemacht haben, damit wir weiterkommen.‹ Vater saß noch nicht ganz im Wagen, als ein Grenzbeamter auf den Vordermann zuging. Was der gesagt hat, wussten wir nicht, jedenfalls ging es weiter. Wir bekamen unsere Papiere in den Wagen gereicht und wurden mit ›Danke‹ durchgewinkt. Auf der westdeutschen Seite wurden wir dann noch gefragt, ob wir Truppenbewegungen oder sonst etwas Auffälliges bemerkt hätten. ›Ja!‹, sagte Vater. ›Ja, auffällig war das schon. An der 321 haben sie anscheinend etwas vor. Das große Schlagloch kurz vor Hagenow wurde jedenfalls zugeschüttet.‹ Wenn Blicke töten könnten ...«

Das alles war Willi wieder ins Gedächtnis gekommen und er sah das grimmige Gesicht des Grenzbeamten vor sich.

Das Gelände war jetzt eben, fast wie an der Nordsee. Willi war erstaunt über die ausgezeichneten Straßen. »Ungarn ist doch auch ein sozialistisches Land«, dachte er, »ebenso wie die DDR, und dann kaum Schlaglöcher im Asphalt?«

So wenig Verkehr auch auf der Chaussee war, hin und wieder überholte oder begegnete Willi doch ein Fahrzeug. Dabei sah er an der Fahrweise, dass das verwegene Reitervolk der Hunnen offenbar nur vom Hafermotor auf den Ottomotor umgestiegen war.

Die Verkehrsschilder waren die gleichen wie in Deutschland, auch die Wegweiser, nur die Namen darauf waren sehr fremd. »Pályaudvar« las Willi auf so einem Schild und stutzte. »Den Namen habe ich doch im letzten Ort schon mal gesehen, nur zur anderen Seite der Straße. Na, hab ich mich wohl geirrt.«

Im nächsten Ort sah er wieder einen Wegweiser mit dem Namen und wieder in eine andere Richtung. Seltsam. Und Willi las diesen ›Namen‹ noch oft.

»Aber Campingplätze scheinen hier rar zu sein«, dachte Willi. »Warum wäre sonst unter einem Hinweisschild der Zusatz ›80 Kilometer‹?«

Schließlich hielt Franz vor einem »Kamionos éterem«, einem Fernfahrerrestaurant, und bestellte für beide ein zünftiges ungarisches Mittagessen.

Während sie auf das Essen warteten, hörten sie der Musik einer Zigeunerkapelle zu. Leider zersägte der Primas auf seiner Geige jedes Musikstück bis zur Unkenntlichkeit, und Franz meinte: »Als die Katze ihren Darm noch selbst brauchte, klang es besser.«

Dann kam der Primas auch noch an ihren Tisch und fragte, was er für die zwei Deutschen – woher wusste er das? – spielen dürfe. Franz antwortete kurz: »Skat!« Beleidigt zog der Musiker von dannen und die beiden konnten in Ruhe essen. Es schmeckte herrlich – nur Willi tränten die Augen etwas.

Vom Kellner, der fließend Deutsch sprach, erfuhr Willi, dass der vermeintliche Ortsname »Pályaudvar« nur »Bahnhof« bedeutet.

Am späten Nachmittag waren sie am Ziel. Die Ladearbeiten gingen auch ohne Willi und Franz zügig voran, sodass die beiden sich erholen konnten. Franz organisierte bis zur nächsten Station, dem nahe gelegenen Pécs noch eine Fracht auf eigene Rechnung, von dort aus hatte die Firma Fracht nach Essen besorgt. Die Zeit reichte sogar zu einem kleinen Stadtbummel.

Plötzlich waren ein paar dunkle Gestalten neben ihnen, zeigten Geldscheine und redeten etwas, was Willi nicht verstand. Franz sagte in freundlichem Ton: »Gavarite pa ruski?« So schnell wie die Gestalten aufgetaucht waren, so schnell verschwanden sie auch wieder, eher noch schneller.

»Was war das denn, Franz?«

»Ach, Willi, nur illegale Geldwechsler. Und ich habe sie gefragt, ob sie Russisch sprechen. Anscheinend nicht.«

Die Rückfahrt durch Ungarn verlief am nächsten Tag ohne besondere Vorkommnisse. Was Willi allerdings wieder wunderte: Auf den Straßen Ungarns, auf den vielen Kilometern, die er dort gefahren war, hatte er nicht so viele Schlaglöcher gesehen wie in der Kleinstadt in der DDR, durch die er mit seinen Eltern gekommen war.

Willi und Franz trafen sich wieder auf dem Rastplatz bei Wien. Sie nahmen gemeinsam ihr Abendbrot ein und gingen zeitig in ihren Fahrzeugen schlafen. Kaum eingenickt, wurden sie gestört. Ein jugoslawischer Kühltransporter stellte sich in der Nähe auf, der Motor für das Kühlaggregat hatte einen defekten Auspuff und dröhnte die ganze Nacht hindurch. Niemand auf dem Platz konnte schlafen. Am Morgen waren die Fahrer unausgeschlafen, Willi fühlte sich wie gerädert, aber Franz bestand auf sofortiger Abfahrt. Willi gehorchte im Halbschaf.

Willi gehorchte auch, als er wieder bei Nürnberg mit Franz die Fahrzeuge tauschte. Er war viel zu müde, um an Widerstand zu denken, und fuhr auf die Autobahn. Plötzlich schreckte er hoch. Der Wagen rumpelte so. Gott sei Dank, es war nur die holprige Standspur. Er war noch auf der Autobahn. Er lenkte wieder auf die Fahrspur und dann auf den nächsten Rastplatz.

Willi dachte: »Mag Franz sagen, was er will, das möchte ich nicht noch einmal erleben: schlafend mit dem Lastzug über die Autobahn rasen. Ja, gut 100 hatte ich drauf. Nein, jetzt wird erst einmal geschlafen.«

Kapitel 11

Unfälle

Als Reporter war Karl Gessel viel unterwegs. Das Auto war fast sein zweites Zuhause, aber an die Flegeleien einiger Autofahrer konnte er sich einfach nicht gewöhnen. Früher hatte er sich immer fürchterlich aufgeregt, aber dann hatte er auf einem Rastplatz zufällig gesehen, wie jemand eine Kamera mit ein paar Handgriffen neben dem Innenrückspiegel abmontierte, bevor er in die Gaststätte ging.

»Was soll das?«, fragte sich Karl Gessel, ging dem seltsamen Kauz nach, fand am selben Tisch einen freien Platz, kam tatsächlich mit dem Mann ins Gespräch und fragte dann beiläufig nach der Bedeutung der Kamera. Der Mann erzählte freimütig: »Ach, wissen Sie, ich habe mich früher über das unvernünftige Verhalten einiger Autofahrer immer sehr aufgeregt, weil man diesen Menschen so hilflos ausgeliefert ist. Ich hätte ein paarmal wohl bald einen Herzinfarkt bekommen.«

»Ja, so geht es mir auch oft. Und was hat die Kamera damit zu tun?«

»Jetzt lasse ich während der ganzen Fahrt die Kamera laufen. Mit den Bildern kann ich mich gegen diese Dummköpfe wehren.«

»Aber das geht doch ins Geld.«

»Nicht für mich. Ist ja kein Film, wird elektronisch aufgezeichnet. Wenn nichts Besonderes passiert ist, dann kann ich die Kassette ja wieder benutzen, und sonst kopiere ich das wichtige Ereignis heraus. Aber für manchen Verkehrsrowdy ist es schon ganz schön teuer geworden. Wissen Sie, es beruhigt ungemein, wenn man eine Chance sieht, solchen Leuten das Handwerk zu legen. Gegen eine solche Fernsehschau nützen vor Gericht die frechste Lüge und der beste Rechtsanwalt nichts. Es wäre gut, wenn mehr Fahrer solche Aufnahmen der Polizei zur Verfügung stellen würden.«

»Ja, da haben Sie recht! Dann würde den Rüpeln bald das Lachen vergehen. Danke für den Tipp. Dass ich nicht selbst darauf gekommen bin, als Reporter. Was machen Sie denn so?«

»Tankstellen mit Autozubehör beliefern. Das war mal ein gutes Geschäft, aber jetzt? Ich bin froh, dass ich bald endgültig Feierabend machen kann.«

»Wieso soll das Geschäft schlechter geworden sein? Es gibt doch immer mehr Autos.«

»Das stimmt schon, aber die Ölmultis bekommen immer mehr Macht. Die Tankstellenpächter bekommen immer mehr Waren von ihren Vertragsfirmen, und ihnen werden sogar die Quoten vorgeschrieben. Bei Unterschreitung wird ihnen der Rabatt gekürzt. Wenn sie Pech haben, müssen sie für einzelne Waren mehr bezahlen, als sie von der Kundschaft verlangen dürfen. Die Verkaufspreise stehen in den Werbemitteln. Und wehe, da steht bei einer Kontrolle ein fremdes Produkt im Regal. Dann muss der Pächter damit rechnen, dass sein Vertrag nicht verlängert wird.«

»Marktwirtschaft in Reinkultur. Das ›freie‹ habe ich lieber weggelassen.«

»Das wäre auch der reinste Hohn.«

Sie unterhielten sich noch ein Weilchen über die Menschen, über das Wetter und fuhren ihrer Wege.

Ein paar Tage nach diesem Gespräch hatte auch Karl Gessel eine Videokamera im Wagen montiert und spürte bald die beruhigende Wirkung. Außerdem bekam er das Geld für die Anlage nach kurzer Zeit wieder herein, und das kam so: Karl hatte in einer kleinen Stadt mit engen Straßen zu tun. Der Bus, weit vor ihm, fuhr in eine Haltebucht. Menschen stiegen aus und ein, der Fahrtrichtungsanzeiger blinkte rechts. Also konnte man vorsichtig vorbeifahren. Kaum war Karl neben dem Bus, er konnte nur noch den vorderen Blinker sehen, da fing dieser an zu blinken und fuhr schon an. Scheinwerferglas splitterte, Blech kreischte auf Blech, die Pressluftbremse zischte, der Bus stand wieder. Über Funk rief der Busfahrer die Polizei.

Natürlich bekam Karl die Schuld. Er saß allein im Wagen, hatte also keinen Zeugen – glaubte der Busfahrer. Aber Karls Kamera hatte den Verkehrsunfall von Anfang bis Ende in Bildern korrekt aufgezeichnet und von der Vernehmung durch die Polizei auch den Ton.

Karls Anwalt schickte ein paar Ablichtungen vom Bildschirm an das Gericht. Der Richter wurde aufmerksam, wollte den ganzen Ablauf sehen, um sich ein genaues Bild vom Unfallgeschehen machen zu können. Und er machte das mit Zeitlupe und Rückläufen sehr gründlich. Diesmal nützte der Busgesellschaft der gute Rechtsanwalt nichts, der Fahrer konnte von Glück sagen, dass ihm sein Verhalten nicht als vorsätzliche Verkehrsgefährdung ausgelegt wurde. Und die Gesellschaft musste den Schaden bezahlen. Den ganzen!

Karl Gessel hatte heute eine anstrengende Reportage und drei Stunden Autofahrt hinter sich, jetzt knurrte ihm der Magen.
Er fuhr auf den Rastplatz Nürnberg-Feucht und legte eine Pause ein, um in der Gaststätte etwas zu essen. Gegenüber stand ein Lastzug einer Hamburger Spedition.
»Moment mal«, ging es Karl durch den Kopf, »der kann doch noch gar nicht hier sein, den habe ich doch vor einer Weile überholt! Soll ich mich so geirrt haben?« Karl wollte gerade die Kamera ausschalten, da kam der Zwillingsbruder des Lastzugs und stellt sich daneben, während der Fahrer des ersten Lastzugs schon ungeduldig an die Tür kam und dem Kollegen etwas zurief.
Der Fahrer des zweiten Lastzugs stieg aus, nahm etwas entgegen, ging schweigend zum ersten Fahrzeug und stieg ein. Der zweite Lastzug setzte sich in Bewegung, der andere folgte ihm.
»Seltsam«, dachte Karl. »Sollte das vielleicht ein Fahrerwechsel nach Erreichen der zulässigen Lenkzeit sein? So war die Vorschrift sicher nicht gemeint, aber wie sollte die Polizei Verdacht schöpfen bei einer Kontrolle? Und wenn, wie könnte sie etwas beweisen?«
Karl schaltete die Kamera ab und verstaute sie in einer Tasche, damit sie nicht jedem gleich ins Auge fiel, und ging zum Essen.

Satt und zufrieden machte Karl sich wieder auf den Weg. Viel war nicht los heute, und so kam er flott voran mit seinem schnellen Wagen. Dann sah Karl wieder einen der Lastzüge von der Raststätte. Er wollte den Brummi überholen, sah noch einmal in den linken Außenspiegel – nein, es ging nicht, da kam ein ganz schneller Hirsch mit Fernlicht, schon zu nah, um noch herauszuziehen. Karl bremste ab.

Na, was sollte das denn? Der Lastzug vor ihm zog nach links und wollte ein noch langsameres Fahrzeug überholen. Wenn das man gut ging. Der schnelle Wagen bremste mit qualmenden Reifen. Karl bremste ebenfalls und schaltete die Warnblinkanlage ein. Er gewann Abstand von den Lastzügen, zog hinter dem Porsche auf die Mitte der beiden Spuren.

Karl hatte die Situation richtig eingeschätzt, es war für den Porsche nicht gut gegangen. Er prallte auf den Unterfahrschutz, schleuderte zur Seite und wäre noch fast unter das überholte Fahrzeug gekommen. Der Übeltäter fuhr unbeirrt weiter. Das würde ihm wenig nützen, denn Karls Kamera lief, hatte alles im Bild festgehalten.

Karl hielt hinter dem Wrack an, sah nach dem Verletzten. Es hätte schlimmer kommen können, der Haltegurt hatte vieles verhindert. Ein anderer Fahrer fuhr zum nächsten Streckentelefon und meldete den Unfall. Der Verkehr rollte über die Standspur weiter.

Nach endlos erscheinenden Minuten kam die Polizei. Karl meldete sich als Zeuge, erzählte auch von seiner Beobachtung auf dem Parkplatz und von seinem Beweismittel. Nein, jetzt konnte er die Kassette nicht hergeben, er war schließlich Reporter, aber selbstverständlich würde er sie sofort zur Verfügung stellen, nachdem er sie kopiert hatte. Er gab der Polizei seine Geschäftskarte. Die bedankte sich und Karl durfte weiterfahren.

Aber weit kam Karl nicht. Schon bald hinter der nächsten Auffahrt blinkte wieder Blaulicht. Noch ein Unfall hielt Karl auf – und immer noch lief die Kamera.

Kapitel 12

Glück gehabt

Willi wachte auf. Er hatte eine Weile geschlafen. Ausgeschlafen wäre übertrieben, aber es ging, er traute sich wieder zu, das Fahrzeug zu lenken. Er war schon eine ganze Zeit unterwegs, da sah er von Weitem Blaulicht blitzen. Ein kurzer Stau, dann war er an einer Unfallstelle.

»Was, in der leichten Kurve?«, dachte Willi noch und dann glaubte er seinen Augen nicht trauen zu können. Der Lastzug von Franz – mitten auf dem Acker. Willi fuhr auf die Standspur, hielt, ging zurück.

»He, Sie können da nicht stehen bleiben!«, rief ihm ein Polizist zu.

»Weiß ich, aber wie geht's meinem Kumpel?«

»Ach, Sie kennen den Fahrer? Ah, Sie sind ja auch von derselben Firma. Das ist natürlich etwas anderes! Dann erzählen Sie doch mal, was Sie wissen. Wie lange hat Ihr Kollege am Steuer gesessen?«

Willi wollte keinen Ärger mit seinem Chef, wollte sich auch nicht selbst belasten, und gab eine ausweichende Antwort: »Unsere Fahrzeuge haben doch alle einen Fahrtenschreiber, da muss das doch auf der Scheibe stehen.«

»Auf der Scheibe sind drei Stunden registriert, aber davon schläft man nicht am Steuer ein. Als meine Kollegen Ihren Kollegen gefunden haben, schlief er fest, war nicht ansprechbar. Ein paar Kilometer vorher hat er schon einen Unfall verursacht und ist weitergefahren. Unfallflucht! Sie wissen, was das heißt.«

»Mein Gott, das musste ja …« rutschte es Willi heraus. Er bemerkte seinen Fehler und wollte schnell zum Wagen zurück. Aber der Polizist hatte sofort geschaltet: »Halt! Hierbleiben! Was war los? Warum musste das so kommen?«

Willi wand sich: »Ach, das war nur so 'n Schnack.«

»Mann, nun reden Sie schon, schlimmer kann es für Ihren Kollegen jedenfalls nicht mehr kommen. Oder haben Sie sich strafbar gemacht? Sie sind von derselben Firma. Da liegt der Verdacht ja nahe. Nur dann dürfen Sie die Aussage verweigern.«

»Nee, ich hab geschlafen, deshalb bin ich ja erst jetzt hier. Und ich weiß auch nicht viel über den Scheißladen, das ist meine erste Tour. Aber was nützt das, wenn ich was sage? Ich bin meine Stellung los und beweisen können Sie dem Chef doch nichts.«

Ein anderer Polizist war herangekommen, hatte die letzten Sätze mitbekommen und mischte sich jetzt ein: »Das glauben Sie. Aber vielleicht irren Sie sich. Vielleicht können wir unwiderlegbar beweisen, dass Sie und der Fahrer dieses Lastzuges auf dem Rastplatz Nürnberg-Feucht die Fahrzeuge getauscht haben, also beide länger als erlaubt am Steuer gesessen haben. Was dann?«

Willi stutzte. »Rastplatz Nürnberg-Feucht, das wissen die? Da nützt kein Lügen, da reiße ich mich nur selbst rein und Karl nützt das auch nichts.«

Er überlegte kurz, dann sagte er: »Sie haben doch hoffentlich alle Fahrtenschreiberscheiben aus dem Wagen. Aber was nützt das, wenn Sie sie mit meinen vergleichen und uns doppelte Fahrzeiten nachweisen? Das fällt doch nur auf uns zurück. Der Chef fällt doch aus allen Wolken, wenn Sie dem vorwerfen, er hätte angeordnet, die Fahrzeuge zu tauschen.«

»Du, Hein, der Mann hat recht«, mischte sich der erste Polizist ein. »Mit den Scheiben können wir nur den Fahrern etwas beweisen. Dann sind die armen Schweine mal wieder dran und der Chef macht mit den nächsten Fahrern dasselbe. Dem können wir nicht beweisen, dass er so etwas gesagt hat. Sauerei!«

Der mit Hein angesprochene Polizist war da anderer Ansicht: »Richard, die beiden sind doch bestimmt nicht die Einzigen.« Und an Willi gewandt: »Sie haben doch sicher Kollegen, die auch nicht freiwillig gegen die Vorschriften verstoßen. Die würden doch sicher vor Gericht, wenn es hart auf hart geht und wir das meiste beweisen können, unter Eid nicht lügen.«

»Der Chef hat mir auch nichts gesagt«, erwiderte Willi, »das läuft anders. Man wird als Neuling losgeschickt zu einem Rastplatz am anderen Ende Deutschlands und bekommt da die Instruktion vom Kollegen. Da kann man schlecht aussteigen.«

»Siehst du, Hein. Aber die Fahrer haben doch Geld für ihre Fahrten bekommen. Hoffentlich hat unsere Zentrale den Unfall noch nicht dem Betrieb gemeldet. Ich ruf mal die Zentrale an, die Hamburger Kollegen müssen die Bücher beschlagnahmen, bevor etwas vermuschelt werden kann. Über die Lohnabrechnungen müssen die was beweisen können.« Und damit sprintete er zum Einsatzwagen. »Das wäre zu schön, um wahr zu sein«, sagte Willi.

Als Franz Lindemann endlich ausgeschlafen hatte, fiel sein erster Blick auf eine Zeitung – mit den Bildern groß auf der ersten Seite, die der Reporter Karl Gessel vom ersten Unfall gemacht hatte. Schlimm. Sehr schlimm.

Als Franz später mit den beiden Sätzen Fahrtenschreiberscheiben und den Videoaufnahmen konfrontiert wurde, versuchte er für sich zu retten, was noch zu retten war, und erzählte der Polizei alles, was er wusste. Ja, bis zu 420 Stunden hatte er im Monat hinter dem Lenkrad gesessen. Einmal waren es 32 Stunden am Stück gewesen. Mit Tabletten und Kaffee hatte er sich wach gehalten. Wieso gesetzeswidrig? Er konnte doch seinen Chef, der immer so gut zu ihm war, nicht im Stich lassen. Ja, gutes Geld hatte er da verdient. Nein, seinen Stundenlohn hatte er nie ausgerechnet, er wurde ja monatlich bezahlt, und der Chef war doch immer so nett und gar nicht kleinlich.

Und weil Franz nicht nachgerechnet hatte, wusste er auch nicht, dass er in Wirklichkeit nur einen Hungerlohn von rund zwölf Mark bekommen hatte, mit Überstunden und Nachtzuschlägen. Mehr nicht. Und jetzt, wo ihm jemand das vorrechnete, begriff Franz so langsam, dass der nette Chef ihn schamlos ausgenutzt und betrogen hatte. Und es wurde ihm klar, dass es ein Wunder war, dass nicht mehr und nicht schon früher etwas passiert war. Dann erklärte man ihm noch, dass es für seine Gesundheit nicht gut war, mit Aufputschmitteln bei den langen Fahrten den Schlaf zu bekämpfen. Auch darüber hatte Franz nie nachgedacht – der Chef war doch immer so nett und gar nicht kleinlich gewesen, der hatte doch nach mancher wichtigen Fahrt mal einen Fünfziger, manchmal sogar einen Hunderter als Anerkennung draufgelegt, den durfte er doch nicht im Stich lassen. Aber jetzt schlug bei Franz die Bewunderung für seinen »großzügigen« Chef in Wut um.

Im Büro des Spediteurs hatte die Polizei genug beweiskräftiges Material gefunden, die Hausdurchsuchung kam zu plötzlich und ohne Warnung. Mit den paar Fahrern so viel Kilometer – das war normalerweise nicht zu schaffen. Endlich wurde mal ein Unternehmer für sein gewissenloses und unfaires Verhalten gegenüber anderen Verkehrsteilnehmern, seinen Arbeitnehmern und ehrlichen Konkurrenten vor Gericht gestellt, und nicht die Fahrer, die er gezwungen hatte, gegen Gesetze und gegen jede Vernunft zu verstoßen.

In der Gerichtsverhandlung geschah dann noch ein Wunder. Die Kollegen packten aus, sie sagten vor Gericht die volle Wahrheit. Das hatte zwei Gründe: Sie waren arbeitslos geworden, konnten also durch ihre Offenheit nichts weiter verlieren. Außerdem kapierten sie, dass die Firma für die Sozialversicherung nur das halbe Geld angegeben und entsprechend niedrige Beiträge bezahlt hatte. Das Arbeitslosengeld war also gering und später würde es eine sehr knappe Rente geben. Schweinehund!

Jetzt hatte Willi zwar wieder Zeit für seine Frau, dafür fehlte aber das Geld, um etwas Schönes mit der Zeit anzufangen. Alles Gute war eben selten beieinander. Warum hatte er sich auch die falschen Eltern ausgesucht? Wäre er bei Millionären aufgewachsen, dann hätte er diese Schwierigkeiten nicht.

Kapitel 13

Ein erstaunliches Erlebnis

Willi bewarb sich als Fahrer bei einer Baustofffirma und hatte Erfolg. Ein paar Monate gondelte er in der Gegend herum, lernte Land und Baufirmen kennen, hatte einen zufriedenen Chef, eine Aufgabe und ein Einkommen. Und er hatte erstaunliche Erlebnisse.

Willi fuhr hinter einem Pkw mit Lastanhänger, der vor ihm auf die Straße gefahren war. Fertigmörtel lag in groben Klumpen, so wie sie mit der Schaufel abgesteckt worden waren, in dem Anhänger. Willi sah, wie die Mörtelklumpen bei jeder Erschütterung weiter zusammensackten. Dann waren sie auf der Landstraße, die Fahrzeuge nahmen Fahrt auf und die Mörtelklumpen wurden zu einer dünnflüssigen Brühe, die ein beängstigendes Eigenleben entwickelte. Sie schwappte im Hänger hin und her. Dann fing die Mörtelbrühe an, den Pkw zu steuern. Willi schaltete die Warnblinkanlage ein, zog zur Straßenmitte und ließ den Abstand größer werden. Die entgegenkommenden Fahrzeuge fuhren an den Straßenrand. Das Gespann brauchte inzwischen fast die ganze Straßenbreite, wurde so ganz allmählich langsamer. Der Mörtelbrei beruhigte sich und die Fuhre hielt am Straßenrand. Schweißgebadet stieg der Fahrer aus und sah nach dem Mörtel. Der liegt ganz friedlich als fester Block unter einer dünnen Wasserschicht im Anhänger. Hätte jemand fünf Minuten vorher zu Willi gesagt, dass die Mörtelklumpen, die da auf den Anhänger geschaufelt worden waren, zu einem dünnen, schwappenden Brei und zu einer solchen Gefahr werden könnten, er hätte nur gelacht.

Willi fand seine Arbeit recht interessant und war wieder zufrieden mit sich und der Welt. Aber wie sagte Herr Schiller im »Lied von der Glocke« so schön: »Doch mit des Geschickes Mächten ist kein ew'ger Bund zu flechten.«

Es fing harmlos an. Feierabend. Willi hatte sein Fahrzeug, einen großen Muldenkipper, abgestellt und wollte gerade gehen, da rief der Chef ihn zu sich. »HERR MARTENS! Herr Martens, gut, dass wenigstens Sie noch da sind. Uns ist da ein Fehler unterlaufen. Wir sollten der Firma Ritz-Montagebau noch bunten Sichtkies für Waschbeton liefern. Mit zwei Kubikmetern würde die Nachtschicht auskommen. Können Sie das noch eben erledigen? Sie sind ja oft genug die schmale Einbahnstraße zum Montagebau gefahren, da sind Sie in einer halben Stunde wieder zurück.«

Der Chef hatte dann selbst mit dem Frontlader acht Schaufeln Kies auf die Ladefläche gefüllt und gute Fahrt gewünscht. Willi fuhr mit dem halb vollen Wagen die gewohnte Strecke zum Montagebau– und kam mit dem halben Wagen zurück. Die hohe Stirnwand lag unter der niedrigen Eisenbahnbrücke. Sicher, Willi war den Weg hundertmal gefahren, aber mit voll beladenem Wagen, und dann passte der unter der Brücke hindurch. Zurück durfte er die Einbahnstraße sowieso nicht fahren, deshalb hatte es nie Schwierigkeiten mit dem leeren Wagen gegeben.

Natürlich hatte der Chef Willi den Weg nicht empfohlen, sondern ihn davor gewarnt, aber der hatte ja nicht zugehört, sondern nur an Feierabend gedacht. Oder hatte er es sogar einfach riskiert und den Wagen grob fahrlässig demoliert, nur um ein paar Minuten früher zurück zu sein? Willi konnte das Gegenteil nicht beweisen, es gab ja keinen Zeugen für das Gespräch. Und wenn, ob ein Angestellter es gewagt hätte, gegen seinen Chef auszusagen? Egal, der Chef hatte einen Grund, Willi zu entlassen. Fristlos.

Ein paar Tage später hätte der Chef sich eigentlich selbst entlassen müssen. Fristlos. Und das kam so: Sein Sohn Boje hatte Geburtstag. Zwölf Jahre alt wurde der Junior und sein größter Wunsch war es, einmal seinen Vater auf einem großen Baufahrzeug zu begleiten. Na ja! Da war ja auch nichts dabei, musste Vater sich mal wieder selbst ans Steuer setzen. Das war schließlich der billigste Wunsch des verwöhnten Knaben, außerdem fehlte ja ein Fahrer.

Am Geburtstag war herrliches Wetter, der Vater war bester Laune, und so war alles eitel Sonnenschein. Der Vater zeigte seinem Jungen, wie der Motor gestartet wurde, wie man die Kupplung bediente und wie die Gänge eingelegt wurden. Boje sah aufmerksam zu. Dann ging die Fahrt zu einer Baustelle in einem großen Industriewerk mit vielen Angestellten und einem großen Parkplatz. Vater fuhr auf den Hof, stellte den Motor ab, ging zum Pförtner und wollte sich genau einweisen lassen. So schnell ging das aber nicht, der Pförtner musste erst bei der Bauleitung anrufen, wo denn das Baumaterial abgeladen werden sollte. Der zuständige Sachbearbeiter war natürlich gerade nicht am Platz, und so dauerte es eine Weile, bis der Vater die Auskunft hatte.

Boje wurde es langweilig, und so kam ihm der Gedanke, er könne doch einmal ausprobieren, was er vom Vater gelernt hatte. Den Motor anlassen – kein Problem. Die Kupplung treten war schon recht anstrengend, aber es ging. Nun den Gang einlegen – ach ja, den Schalthebel seitlich zum Körper heranziehen und dann nach vorn schieben – prima, geklappt. Kupplung langsam kommen lassen – der Wagen setzte sich in Bewegung. Fantastisch!

Und wie nun weiter? Wie bekam man das Ding wieder zum Halten? Schiet, das hatte Vater nicht erklärt. Und die geparkten Autos kamen immer näher.

Boje war gar nicht wohl in seiner Haut, der Wagen fuhr im Schritttempo auf eine Reihe Autos zu, die genau in Fortsetzung der Fahrtrichtung aufgestellt waren, und kein Mensch kam Boje zur Hilfe. Also rette sich wer kann. Boje sprang ab und rannte davon.

Der schwere Lkw stieß seitlich auf den ersten Pkw, schob ihn gegen den zweiten, den gegen den dritten – er schob die ganze Reihe zusammen und gegen eine Schuppenwand, bis diese laut polternd zusammenbrach.

Durch den Lärm wurden endlich ein paar Menschen aufmerksam. Einer erfasste schnell die Lage, rannte hin, stieg auf das Trittbrett und riss die Tür auf. Dabei drückte der Lkw weiter. Einzelne Fahrzeuge brachen seitlich aus der Reihe aus und demolierten Fahrzeuge der anderen Reihen.

Endlich hatte der Mann den Zündschlüssel herumgedreht und herausgezogen. Der Motor stand und ein paar Fahrzeuge standen im demolierten Schuppen auf zerstörten Geräten.

Eins musste man Boje lassen: Was er machte, das machte er gründlich. Seine erste Solofahrt auf einem Lkw war reif für das »Guinness-Buch der Rekorde«: 47 Pkw mit Totalschaden, acht Pkw relativ leicht beschädigt, ein fast zum Einsturz gebrachter Schuppen, zerstörte Geräte für einige Tausend Mark.

Nun, Willi konnte das nicht trösten. Er wäre nicht wieder eingestellt worden, wenn er sich beworben hätte, obwohl er durch ein weit geringeres Verschulden einen erheblich kleineren Schaden verursacht hatte als sein Chef, der einem kleinen Jungen einen schweren Lkw mit Schlüssel überlassen hatte.

Willi hatte Glück, er fand bald wieder eine Stellung, wenn auch wieder nur als Lkw-Fahrer: Werksverkehr zwischen dem Hauptwerk einer Firma in Hamburg und einer Tochter in Herford.

Willi sollte fertige Ware nach Herford bringen und von dort aus Auslieferungsfahrten in der Umgebung machen. Auf dem Rückweg sollte er in Herford gefertigte Teile mit nach Hamburg nehmen. Selbstverständlich würde er jeden Tag wieder nach Hamburg zurückkehren. Letzteres wurde Willi nicht nur zugesagt, man hielt sich auch streng daran.

Willi stand jeden Morgen um sieben Uhr und jeden Nachmittag um 16 Uhr an der Rampe, dazwischen fuhr er durch die Lande und musste, kräftig wie er war, beim Abladen helfen. So hatte er Abwechslung und der Tag wurde ihm nicht lang. Schlecht war nur, dass die Rampe um sieben und um 16 Uhr in Herford war.

Natürlich musste Willi den Lkw abends noch zum Hauptwerk in Hamburg fahren und ihn morgens rechtzeitig wieder abholen. Aber um das

Ent- und Beladen brauchte er sich dann nicht auch noch zu kümmern, da war man ganz großzügig.

Schön war die Filiale in Herford. Ein ganz neuer Klinkerbau; ein großzügiger Hof, auf dem man gut rangieren konnte; eine breite Tür vom Lager zur Rampe, bei der man nicht so zirkeln musste. Wunderbar. Nur schade, dass die Türflügel innen an der Mauer angeschlagen waren und in geöffnetem Zustand quer über die Rampe gingen, sodass diese versperrt war und immer nur ein Lkw zur Zeit ent- oder beladen werden konnte. Willi bewunderte diese Meisterleistung eines Architekten und meinte: »Toll! Die haben gebaut wie die alten Ägypter. Die Pyramiden halten auch ewig und sind zu nichts zu gebrauchen.«

Nicht immer war die Autobahn frei, nicht immer konnte Willi glatt durchfahren. Dann wurde es spät und er musste morgens früh wieder raus aus den Federn. Nach ein paar Monaten war Willi ziemlich unausgeschlafen und nervös. Als er eines Abends – oder besser Nachts – nach Hause kam, hatte seine Elvira ein Bild von ihm auf sein Kopfkissen gelegt. »Damit ich wenigstens weiß, wie der Mann aussieht, der da schlafen soll.«

Kapitel 14

Elvira bekommt einen Vollzeitjob

Für den Tag hatte Elvira ihre Halbtagsstellung als Verkäuferin in einem Kaufhaus. Da fiel ihr wenigstens nicht die Decke auf den Kopf, da war sie unter Menschen. Aber am Abend war sie immer allein vor dem Bildschirm. Und wenn Willi endlich nach Hause kam, dann reichte es gerade noch für ein Küsschen, wenn er nicht schon vorher einschlief. Etwas anders hatte sich Elvira ihre Ehe doch vorgestellt. Willi allerdings auch, und er konnte verstehen, dass Elvira oftmals verärgert und reizbar war. Sie war schließlich jung und temperamentvoll, wollte das Leben genießen.

Eines Tages im Winter lief dann aber auch alles schief. Nebel und Glatteis führten zu unzähligen Unfällen und endlosen Staus. Willi kam erst um halb acht Uhr morgens in Hamburg an die Rampe. Nach der durchwachten Nacht wurde er dann auch noch dämlich angequatscht, warum er zu spät zur Arbeit kam, er solle gleich weiterfahren. Willi platzte der Kragen und war wieder einmal arbeitslos.

Willi schlief erst einmal richtig aus, half Elvira ein bisschen bei der Hausarbeit, konnte sich endlich einmal wieder mit ihr aussprechen, fühlte sich endlich einmal wieder als Mensch und nicht als Roboter.

»Sch… aufs Geld! Wir sind jetzt jung, wir wollen jetzt unseren Spaß am Leben haben. Wenn wir Rentner sind, ist es zu spät, dann ist das Schönste vorbei!«

Endlich konnte Willi mit seiner Elvira zum Tanzen gehen. Sie war glücklich, wenn sie sich auch finanziell einschränken mussten.

Aber so schlimm wurde das auch wieder nicht. Im Kaufhaus wurde eine Vollzeitkraft für die Möbelabteilung gesucht. Elvira bewarb sich. Wenn Willi den Haushalt machte, dann ging das.

Als sich herumsprach, dass Elvira sich für die Möbelabteilung beworben hatte, wurde sie vor dem Verkäufer Leinhardt gewarnt. Der Junge sei ein Dorf-Casanova. Von anderer Seite hörte sie, dass der alte Abteilungsleiter Möbius viel gefährlicher sei. Wenn eine Verkäuferin nicht so wollte wie er … Deshalb war die Stelle frei!

Elvira dachte sich nichts dabei, es wurde viel erzählt, wenn der Tag lang war und kein Kunde auf Bedienung wartete.

Gleich an Elviras erstem Arbeitstag in der Möbelabteilung kam der Dorf-Casanova zu ihr und wollte an ihr herumgrabbeln. Er bekam eins auf die Finger. Leinhardt nahm das nicht so tragisch. Er meinte, Frauen müssten doch den Schein wahren. Als er am zweiten Tag wieder aufdringlich wurde, bekam er recht kräftig eins auf die Finger und den guten Rat: »Herr Leinhardt, lassen Sie das! Blamieren Sie nicht Ihre Eltern!« Der Blödmann verstand aber immer noch nicht. Es ging nicht in seinen Kopf, dass Frauen selbst wählen wollten, wer der Vater ihrer Kinder wurde. Auch am dritten Tag versuchte er bei Elvira sein Glück. Daraufhin fragte sie ihn unverblümt: »Herr Leinhardt, ist Ihre Mutter wirklich eine Nutte?«

Leinhardt schnappte nach Luft: »Wer hat das gesagt?«

»Sie! Mit Ihrem Benehmen zeigen Sie das. Eine Mutter mit einem anderen Beruf hätte ihrem Sohn doch wenigstens ein bisschen Respekt vor Frauen beigebracht. Wenn ein Mann meint, jede Frau lässt sich von jedem Hanswurst begrabbeln, der kann doch nur so eine, hm, so eine reichlich lebenslustige Mutter haben.«

Nein, so hatte noch keine Frau Herrn Leinhardt das Problem erklärt, und seine Mutter wollte er nicht blamieren. Er zog ab wie ein begossener Pudel und ließ Elvira von da an in Ruhe.

Herr Möbius hatte es nicht ganz so eilig. Er wollte mehr und war vorsichtiger.

In der zweiten Woche dachte Elvira: »Na, wie der Möbius um mich herumschleicht und mich ›zufällig‹ berührt, so ganz aus der Luft gegriffen sind die Gerüchte wohl doch nicht. Vorsicht, alter Junge, du hast eine gute Stellung zu verlieren, vielleicht auch eine nette Frau. Aber solange der alte Kater nur um den heißen Brei schleicht und nicht aufdringlich wird, bleibe ich bei dem Motto: ›Lass dem Kind die Frikadelle, wenn's doch so schön damit spielt.‹«

In der dritten Woche wurde »der alte Kater« schon deutlicher, aber Elvira tat so, als ob sie nichts merkte.

Und dann kam eines Tages Herr Möbius zu ihr, als sie gerade ein paar neue Preise mit der Heftzange an Waren befestigte.

»Frau Martens, kommen Sie doch bitte in mein Büro, ich habe etwas mit Ihnen zu bereden.«

»Wenn es sein muss, Herr Möbius«, antwortete Elvira und dachte: »Na, dann ist es wohl so weit. Mal sehen, was der alte Kater will.« Dabei steckte sie die Heftzange in die Kitteltasche.

Nachdem Elvira eingetreten war, schloss Herr Möbius das Büro ab und sagte: »Nur damit kein Neugieriger unser Gespräch unterbricht, Frau Martens. Ich lasse den Schlüssel stecken, damit Sie jederzeit gehen können. Sie sind jetzt vier Wochen in meiner Abteilung, und da halte ich es für notwendig, dass wir auch einmal ein paar private Worte wechseln. Wie geht es eigentlich Ihrem Mann? Hat er schon wieder Arbeit?«

»Weiß ich nicht, Herr Möbius, heute Morgen jedenfalls hatte er noch keine. Aber warum fragen Sie? Haben Sie eine Stellung für ihn?«

»Nein, aber für Sie! Und Sie werden es sich kaum leisten können, mir eine Absage zu erteilen. Wenn Sie jetzt gehen, vergessen Sie nicht, Ihre Papiere mitzunehmen!« Dabei nahm er Elvira in den Arm.

»Aber Herr Möbius, das geht doch nicht! Ich bin verheiratet. Und was wird Ihre Frau sagen, wenn sie das erfährt?«

»Ach, das geht sehr gut, Frau Martens. Meine Frau und Ihr Mann brauchen doch nichts davon zu erfahren. Und ansonsten liegen hier zwei dicke Teppiche auf dem Boden. Überlegen Sie sich das gut, Ihre Papiere sind hier in der Tüte.«

Also doch kein Gerücht, dass in dieser Abteilung Verkäuferinnen entlassen wurden, weil sie dem Herrn Abteilungsleiter nicht zu Willen waren. Aber wie dem hohen Herrn das nachweisen? Da kam Elvira die rettende Idee, wie sie dem Lustmolch ein für alle Mal den Spaß verderben konnte, wie sie ihn zur Strecke bringen konnte. Sie schluckte ihre Wut über die Unverschämtheit hinunter und sagte mit belegter Stimme: »Da haben Sie auch wieder recht, Herr Möbius. Dann zeigen Sie mal, was Sie mir zu bieten haben.«

Herr Möbius legte Elviras Forschheit falsch aus und sagte: »Na also, wir verstehen uns doch!« Dann gab er ihr einen Kuss, knöpfte seine Hose auf und wies auf den Teppich.

»Ist das nicht störend?«, fragte Elvira und zeigte auf die Hose. Dann begann sie damit, ihren Kittel aufzuknöpfen, aber sehr, sehr langsam.

Herr Möbius lächelte und folgte ihrem unausgesprochenen Wunsch – oder was er dafür hielt. Dann sagte Elvira noch mit heiserer Stimme: »Aber Herr Möbius, die lange Unterhose stört doch auch. Warum so schüchtern? Uns stört doch keiner, Sie haben die Tür doch abgeschlossen.«

Als Herr Möbius gerade mit einem Bein aus der Unterhose steigen wollte und mühsam auf dem anderen Bein balancierte, ergriff Elvira die Heftzange und die Gelegenheit, und mit einer schnellen Bewegung hatte sie etwas zugeheftet, was eine Angestellte normalerweise von ihrem Vorgesetzten nicht zu sehen bekommt.

Einen Moment stand Herr Möbius starr vor Schreck und Schmerz, dann aber fing er an zu schreien und führte einen wilden Tanz auf, bei dem das leere Bein der Unterhose weit im Raum herumschwenkte.

Inzwischen hatte Elvira das Kuvert mit ihren Papieren ergriffen und die Tür aufgeschlossen. Sie stürzte ins Freie, einer älteren Kundin direkt in die Arme.

»Na, na, junge Frau, nicht so stürmisch! Was brüllt denn der Kerl da drinnen so? Du, Fritz«, rief die Kundin ihren Mann heran, »komm mal schnell her, das musst du sehen! Und dann gib der jungen Frau deine Karte. Ich glaube, die braucht uns vor Gericht.«

Nun, zum Gericht ging es nicht. Dem Betriebsrat war die Beweislage klar genug, er forderte die Entlassung des Herrn Möbius. Auch der Geschäftsleitung reichten die Beweise für die wirklichen Geschehnisse. Und die »verleumderischen Behauptungen« von Elviras entlassenen Kolleginnen bekamen plötzlich ein ganz anderes Gewicht.

Natürlich war in der Version des Herrn Möbius Elvira diejenige, die ihn verführen wollte, aber die Tatsachen sagten etwas anderes: »Warum hat Frau Martens Sie dann so schwer verletzt, wenn sie Sex mit Ihnen wollte?«

»Das war Rache!«

»Rache? Weswegen, Herr Möbius?«

Einen glaubwürdigen Grund dafür konnte der feine Herr so schnell nicht erfinden, also glaubte man ihm nicht.

Aber Elvira glaubte man ihre Begründung, ohne die Verletzung hätte Herr Möbius doch wieder mit Erfolg alles abgestritten, weil ein Vorgesetzter ja immer glaubwürdiger war als eine kleine Angestellte. Aber das würde ja jeder verstehen: Wenn Herr Möbius sich nicht entkleidet hätte, hätte sie ihn an dieser Stelle gar nicht verletzen können.

Dann war noch die Frage zu klären, warum Herr Möbius die Kündigung schon vorher ausgeschrieben hatte, die doch ohne Zustimmung des Betriebsrates keine Rechtskraft hatte. Auch dafür konnte Herr Möbius keinen überzeugenden Grund nennen.

Zum ersten Mal zog Herr Möbius den Kürzeren und war für das Kaufhaus »nicht mehr tragbar«.

Kapitel 15

Rollender Schwachsinn

Elvira behielt ihren Arbeitsplatz und Willi fand auch eine neue Anstellung: Fahrer für eine Zulieferfirma der Automobilindustrie, eine sehr sichere Arbeitsstelle. Das Automobilwerk war auf pünktliche Lieferung der Teile angewiesen, denn ein Lager gab es nicht, nur einen Puffer für ein paar Stunden. Wenn in diesem Puffer irgendein noch so kleines oder unwichtiges Teil verbraucht war, dann musste die Produktion gestoppt werden und hohe Konventionalstrafen und Schadenersatzforderungen kamen auf den Zulieferer und/oder die Spedition zu. Wer Verluste verursachte, ging pleite.

Diese Aussicht bewirkte, dass nur zuverlässige Fahrer beschäftigt wurden, aber auch, dass die Fahrzeuge im besten Zustand waren und auf das Sorgfältigste gewartet wurden. Die Fahrer hatten auch keine Verladearbeiten zu verrichten, sie sollten ausgeruht ihre Fahrten antreten. Aber eine großartige Erholungspause bedeutete das Be- und Entladen auch nicht, denn alles war auf Paletten verpackt und wurde mit Gabelstaplern oder Hubwagen bewegt, sodass nur wenig Zeit für diese Arbeiten benötigt wurde. An sich ideale Arbeitsbedingungen – wenn es keine anderen Verkehrsteilnehmer und kein Wetter gegeben hätte.

Neulich erst hatte es den Kollegen Siegbert erwischt. Der Verkehr auf der Autobahn war schwach gewesen, hatte große Lücken. Vor Siggi war ein untermotorisierter Flachlandfahrer, der einfach an jedem Maulwurfshügel herunterschalten musste. Siggi sah in den Rückspiegel: alles frei, also raus und vorbei. Er hatte es auch fast geschafft, da kam aus einer Ausfahrt ein Geisterfahrer angeschossen.

Na ja! Der Schrott war in verhältnismäßig kurzer Zeit unter dem Laster herausgezogen und der Fahrer würde so etwas mit Sicherheit nicht wieder machen, er hatte nicht nur seine Wette, sondern auch sein Auto verloren. Außerdem war die Lenkung von Siggis Lastzug defekt.

Das Ersatzfahrzeug brauchte eine Weile, bis es durch den Stau heran war, das Umladen ohne Gerät dauerte auch seine Zeit, und als die Lieferung endlich am Automobilwerk eintraf, war der Puffer fast aufgebraucht.

Lastzüge auf der Autobahn als Zwischenspeicher, um Lagerkosten zu sparen – Schwachsinn! So etwas konnte sich doch kein normaler Mensch ausgedacht haben. So jedenfalls sahen es die Betroffenen.

Willi kannte bald alle Gefahrenpunkte und Schwierigkeiten der vorgeschriebenen Fahrstrecke. Er wusste genau, wann er an welchem markanten Punkt sein musste, und erkannte daran, ob er gut in der Zeit lag oder ob er sich ranhalten musste. So langsam wurde diese Fahrerei zur Routine und damit langweilig. Aber das änderte sich, als es Herbst wurde.

Strömender Regen und schlechte Sicht erleichterten nicht gerade das Einhalten der vorgeschriebenen Fahrzeiten. Die Landschaft veränderte ihr Aussehen. An windgeschützten Stellen blieb das Laub liegen, machte die Fahrbahn rutschig, man musste damit rechnen, dass unerfahrene oder unbelehrbare Fahrer das nicht beachteten und ihr Fahrzeug sich selbstständig machte, vor dem Lastzug plötzlich quer stand. Oder der Lastzug stand quer – so wie neulich der von Henning.

Henning war spät dran. Ein leichter Verkehrsunfall hatte ihn aufgehalten. Dann kam auch noch Nebel auf. Nicht schlimm, 100 Meter konnte man noch sehen, dahinter war alles grau in grau. Und was kam nach den 100 Metern? Eine Nebelbank. Sie war genauso grau wie aller Nebel, nur betrug die Sicht plötzlich nur noch 50, 20, fünf Meter. Henning merkte schnell, dass die Sicht sehr plötzlich schlechter wurde, und er ging sofort mit der Geschwindigkeit zurück, aber als er das Ende des Staus sah, war er trotzdem schon zehn Meter zu weit gefahren. Vollbremsung!

Henning hatte das Gefühl, als wolle der Lastzug überhaupt nicht zum Stehen kommen. Der letzte Wagen kam immer näher. Henning wollte auf die Standspur ausweichen, aber die war auch nicht mehr frei. Durch die Richtungsänderung brach der Hänger aus. Der Zugwagen schob einen Lieferwagen in den Graben, der Hänger stand quer zur Autobahn, der erste schnelle Pkw schob sich gerade darunter.

Henning sprang aus dem Fahrerhaus. Eine Warnblinkleuchte in der Hand, lief er dem Verkehr entgegen, aber für ein paar Fahrer, die glaubten, sie hätten Röntgenaugen, und dementsprechend schnell fuhren, kam die Warnung zu spät. Die vernünftigen, und das waren Gott sei Dank die meisten, konnten rechtzeitig halten – wenn sie nicht von einem Hintermann weitergeschoben wurden.

Termin einhalten? Wie denn? Die Autobahn war dicht! Da kam nicht einmal die Polizei durch. Aber wen interessierte das? Den Rechtsanwalt der Automobilfabrik jedenfalls nicht. Vertrag war Vertrag. Der Spediteur hatte ihn nicht eingehalten, das Band musste angehalten werden, ein erheblicher Vermögensschaden entstand. Und auch die nächste Lieferung kam nicht durch.

Selbstverständlich wurde der Fahrer von der verstopften Autobahn weg auf eine Landstraße umgeleitet – und die war genauso verstopft, denn dieser Transport war nicht der einzige, der umgeleitet werden musste. Auch das interessierte niemanden in der Autofabrik. Vertrag war Vertrag.

Mit so etwas rechnen und wieder ein vernünftiges Zwischenlager einrichten? Wo denken Sie hin? Das kostet Geld. Und der Produktionsausfall? Den zahlte der Spediteur.

Der Hersteller der Autoteile war froh, dass er eine juristisch von der Fabrik unabhängige Spedition gegründet hatte und die Regressforderungen die Fabrik nicht treffen konnten.

Die Spedition war pleite. Pech. Die Fabrik arbeitete weiter und eine andere Spedition würde man schon finden.

Henning war mit heiler Haut davongekommen. Auch seinen Führerschein hatte er behalten. Der Fahrtenschreiber hatte gezeigt, dass er die

Geschwindigkeit lange vor dem Unfall den herrschenden Sichtverhältnissen angepasst hatte. Dass er dann in eine Nebelbank kam, dass er plötzlich gar keine Sicht mehr hatte und gerade da das Stauende war, konnte er nach Aussagen von Zeugen nicht erkennen. Der Unfall war also für ihn unabwendbar.

Nach dem Unfall hatte Henning umsichtig gehandelt, hatte andere Autofahrer mit seiner Warnung vor Schaden bewahrt. Das wurde auch in seinem Zeugnis berücksichtigt. Aber was nützte ihm das? Die Speditionsfirma war pleite, er wurde nicht mehr gebraucht, genau wie Willi und die anderen Kollegen.

Willi besorgte mal wieder brav den Haushalt, Elvira war noch immer in dem Kaufhaus in der Möbelabteilung. Dort hatte der Abteilungsleiter gewechselt, der Neue war vorsichtig, er wusste, was ihm blühen würde.

Dann bekam Willi einen Brief von einer ihm unbekannten Stahlbaufirma. Er rief dort an und bekam schon für den nächsten Tag einen Vorstellungstermin, allerdings wurde kein Name genannt, nur: »Melden Sie sich in Zimmer 115.« Seltsam, das hatte er ja noch nie.

Aber es kam noch seltsamer. Die Straße, die Hausnummer, die Gebäude waren ihm gut bekannt, nur der Name »Ketelhöhn-Stahlbau« über dem Eingang war ihm fremd. Da hatte doch früher »Stingelmayr und Sohn« gestanden. Ja, das war einmal.

Willi wurde vom Pförtner eingewiesen: »Ach, Herr Martens. Sie werden in Zimmer 115 erwartet. Sie können eintreten, ohne anzuklopfen.« Wieder kein Name. Ein komischer Laden.

Er ging zu Zimmer 115, trat ein. Ein Mann stand am Fenster und schaute hinaus. Eigentlich eine Flegelei. Trotzdem, Willi brauchte wieder Arbeit, Hausarbeit hatte er nicht gelernt und sie brachte ihm auch keinen Spaß. Er stellte sich vor: »Guten Tag. Willi Martens ist mein Name.«

»Guten Tag, Herr Martens. Bitte setzen Sie sich.« Dabei drehte sich der Mann am Fenster um, Diplom-Ingenieur van Bebber.

»Was, Sie hier?!« sagte Willi, stand auf und wollte gleich wieder gehen.
»Halt! Entschuldigen Sie, Herr Martens, aber hören Sie mich bitte erst einmal an. Nicht mir, sondern einem Schlosser namens Willenbrink haben Sie Ihre Entlassung zu verdanken.«
»So ein Schwein! Aber die Versetzung ...«
»Die musste ich wegen Meister Byjik veranlassen. Der stand doch ganz auf der Seite des Chefs. Die Frage war also: Entweder scheiden wir beide aus der Firma aus, oder Sie werden versetzt und wir beide können in der Firma bleiben. Wie hätten Sie sich an meiner Stelle entschieden?«
»Ja, wenn das so war ...«
»Ich habe mir, als Sie weg waren, auf der Baustelle den Fuß vertreten. Während meiner Arbeitsunfähigkeit konnte ich mich nach einer Stellung in einer anderen Firma umsehen. Ich bin dann in Hannover bei ›Ketelhöhn-Stahlbau‹ untergekommen und Meister Byjik hat die Baustelle kommissarisch geleitet.«
»Aber der hatte doch dafür gar nicht die Kenntnisse.«
»Und das war sein Glück! So konnte man ihn nicht für den Pfusch verantwortlich machen, das fiel auf den Chef zurück.«
»Der hatte doch erst recht ...«
»Stimmt. Aber das ist für den Eigentümer keine Entschuldigung. Er hätte eine entsprechende Fachkraft mit der Leitung beauftragen müssen und nicht einen Meister ohne Spezialschweißerausbildung.«
»Ach, dann muss der dafür geradestehen?!«
»Müsste er. Aber Herr Stingelmayr ist irgendwo im Ausland und macht sich einen schönen Tag. Als die ersten Schweißnähte rissen, aber noch niemand die wahre Ursache erkannte, die Firma noch einen guten Ruf hatte, verkaufte der feine Herr schnell den Betrieb an die Konkurrenz ›Ketelhöhn-Stahlbau‹. Leider habe ich erst davon erfahren, als ich die Leitung übernehmen sollte. Mit dem Geld, das er für die Firma bekommen hat, und einigen Krediten ist Herr Stingelmayr ins Ausland gegangen. – Zurück zu uns. Ich möchte wieder gutmachen, was sich noch gutmachen lässt, und mich für die Versetzung entschuldigen. Nehmen Sie meine Entschuldigung an? Bitte.«

»Na, gut. Und wie wollen Sie …?«

»Indem ich dafür sorge, dass Sie längere Zeit eine sehr schwierige Arbeit auf einer Baustelle in Deutschland ausführen. Und ich möchte Sie nicht nur einstellen, um mein Gewissen zu erleichtern. Ich brauche für die anstehende Arbeit absolut zuverlässige Spitzenkräfte. Sollten wir nach Abschluss dieser Arbeit keinen Folgeauftrag erhalten, dann haben Sie wenigstens wieder eine reelle Chance als Spezialschweißer auf dem Arbeitsmarkt. Zufrieden?«

»Spezialschweißer? Meine Zeugnisse sind verfallen, und ich bin aus der Übung.«

»Ich weiß. Für den Kursus sind Sie schon angemeldet, und bis zum Beginn können Sie üben, um wieder eine sichere Hand zu bekommen. Ich weiß, dass Sie das schaffen. Ich habe die innerbetriebliche Beurteilung Ihrer handwerklichen Fähigkeiten gelesen, und dass man sich auf Sie verlassen kann, haben Sie mir ja bewiesen.«

»Und was ist das für eine Arbeit?«

»Auf der Baustelle, auf der wir uns zuerst begegnet sind. Den Pfusch mit den falschen Elektroden reparieren.«

»Oh weia! Da müssen ja die alten Schweißnähte bis auf den Grund herausgeschliffen werden, sogar noch etwas tiefer. Das ist schon eine Sauarbeit. Und hinterher die breiten Fugen sauber zuschweißen. Und das trauen Sie mir zu?«

»Sie nicht? – Na, das wollte ich doch meinen! Übrigens, das mit Willenbrink ist aufgeklärt worden, weil er es noch einmal bei einem anderen Kollegen versucht hat. Seit der Sache mit Ihnen waren die Kollegen misstrauisch und haben ihn beobachtet und beim Telefonieren belauscht.«

Willi war's nur lieb, dass er wieder in seinem alten Beruf arbeiten durfte. Ein paar Wochen konnte er im Betrieb üben. Wie ein Lehrling kam er sich zunächst vor. Immer wenn der Schweißstrom richtig anfing zu fließen, zog er die Elektrode auf das Werkstück. Durch den direkten Kontakt gab es keinen Lichtbogen, also keine Wärme mehr, und schon saß die

Elektrode fest. Dann wieder ging Willi mit der Elektrode zu vorsichtig an das Werkstück heran und er hatte große Schlackeneinschlüsse in der Schweißnaht. Es war zum Auswachsen.

Aber schließlich kamen so langsam das Gefühl und die sichere Hand wieder, die theoretischen Kenntnisse tauchten wieder auf, und als er die Prüfung ablegen sollte, war er wieder ganz der Alte.

Mit der Prüfung war die Schonzeit vorbei. Im Atomkraftwerk waren genügend Nähte frei geschliffen, das Schweißen konnte beginnen. Für Willi gab es jetzt keinen frohen Feierabend mehr im trauten Heim bei seiner Elvira, er musste auf die Baustelle und kam nur noch zum Wochenende. Sie trösteten sich. Es war ja nur vorübergehend.

Stimmte. Nach Abschuss der Reparaturarbeiten war das vorbei, da gab es keine Wochenendehe mehr, der nächste Auftrag war am anderen Ende der Welt. Zwei Jahre Südamerika in drei Etappen, nach jeder Etappe drei volle Wochen Deutschlandurlaub – da lief das Eheleben ganz auf Sparflamme.

Kapitel 16

Elvira und Ingrid

Als Ingrid Langbehn in der Gardinenabteilung des Kaufhauses anfing, in dem Elvira Möbel verkaufte, da hörte sie bald allerlei über die Strohwitwe in der Möbelabteilung, die sich selbst nicht mehr leiden konnte, seitdem sie so lange allein war.

»Die muss mal 'n ordentlichen Arm voll Brusttee nehmen, dann ist sie wieder gesund!«, hieß es, und so war es auch.

Die Wochenendehe hatte Elvira nichts ausgemacht, sie konnte ja alles nachholen. Aber sieben Monate ohne Willi? Nur Geld und Briefe ersetzten nicht die »ehelichen Pflichten«. Elvira wurde so gereizt und patzig, dass sie von allen gemieden wurde, und das erheiterte sie auch nicht gerade.

In der Personalabteilung stellte man bereits Überlegungen an, ob Elvira als Verkäuferin noch tragbar war, aber da kam gerade rechtzeitig Willi auf Urlaub, und Elvira war wie ausgewechselt.

Doch drei Wochen waren schnell, viel zu schnell herum und Willi musste wieder weg. Wieder zogen sich die Tage, die Wochen endlos dahin und allmählich wurde Elvira wieder unausstehlich. Ja, wenn Herr Möbius sie jetzt in sein Büro riefe …

Ingrid Langbehn, die ein paar Jahre älter als Elvira war, deutete die Stimmungsschwankungen richtig, und eines Tages ging sie zu Elvira. »Verzeihung, Frau Martens, aber vielleicht können Sie mir helfen?«

Kurz und schroff fragte Elvira zurück: »Wieso? Was ist?«

»Freitagvormittag ist es. Und Zeit, einmal miteinander zu reden, ist es auch, meine ich.«

In abweisendem Ton fragte Elvira: »Und worüber wollen Sie mit mir reden?«

»Ich traue mich nicht, allein auszugehen. Sie sicher auch nicht. Und mit einem Mann, da wird man gleich so komisch angesehen, als ob man sonst was will. Ich wollte Sie einladen, mal mit mir wegzugehen, ins Theater oder wozu Sie Lust haben. Ist doch besser, als allein zu versauern.«

Elvira überlegte: »Eigentlich hat sie ja recht, schön wär's schon. Und mit einer Frau zusammen, da kann Willi eigentlich nicht böse sein.« Dann sagte sie zu Frau Langbehn nicht mehr ganz so abweisend: »Und woran hatten Sie so gedacht?«

»Ich kenne Ihre Interessen nicht, Frau Martens. Sie kennen meine nicht. Können wir uns mal nach Feierabend irgendwo hinsetzen und uns beschnuppern?«

»Wenn Sie meinen, Frau Langbehn. Es wäre wohl das Beste. Schräg gegenüber vom Haupteingang ist ein kleines Café, das hat annehmbare Preise und den Kaffee kann man sogar trinken. Dort kann man auch ungestört miteinander reden. Wer zuerst kommt, wartet vorn bei der Theke. Recht so?«

»Ja, sicher. Also bis dann.«

Die beiden Frauen fanden einander sympathisch und es wurde ein recht harmonischer Abend, der mit einer Verabredung für Sonntagnachmittag bei Ingrid endete.

Sie trafen sich ein paarmal in der einen oder anderen Wohnung, gingen zusammen ins Theater und kamen sich langsam näher, aber im Kaufhaus gingen sie sich aus dem Weg, taten fremd. Es wurde so leicht geredet unter Kolleginnen.

Es war an einem Sonnabendnachmittag. Die beiden Frauen saßen in Ingrids Wohnung. Die Schwarzwälder Kirschtorte war misslungen.

»Tut mir leid, Elvira, dass der Boden etwas weich geworden ist, aber ich wurde zwischendurch an die Tür gerufen, und da habe ich anscheinend aus Versehen zweimal Kirschwasser auf den Boden gegossen.«

Nein, es war die dreifache Menge und auch nicht aus Versehen.

»Macht nichts, Hauptsache sie schmeckt«, meinte Elvira. »Mir schmeckt sie jedenfalls, und wenn du sie nicht magst, ist mein Teil umso größer.«

Die Torte hatte es wirklich in sich, der Pharisäer dazu war auch nicht von schlechten Eltern, die Stimmung wurde bald gelöst. Dann kam man auf das Thema »Sex« zu sprechen.

»Sex ist doch nur ein Vergnügen für Männer«, meinte Elvira. »Für uns Frauen ist das doch nur die ›eheliche Pflicht‹.«

»Ja, so habe ich früher auch einmal gedacht«, entgegnete Ingrid. »Sexualität war, als ich zur Schule ging, doch noch ein Tabu-Thema. Was hatte ich schon für Kenntnisse und Erfahrungen vor der Ehe? Praktisch keine. Im Biologieunterricht durften die Lehrkräfte nicht einmal andeuten, dass auch die Menschen sich geschlechtlich fortpflanzen. Und wie war das bei dir? Ihr hattet doch schon ein bisschen was in Biologie?«

»Auch nicht viel besser«, gab Elvira zu. »Zu Hause war das Thema tabu und in der Schule wurde es genauso sachlich abgehandelt wie Geschichte oder Mathematik. Gefühle, Liebe – das kam allenfalls in der Literatur vor. Wie sollte ich da etwas über Liebe wissen? Na ja! Unter Schulfreundinnen wurde manches erzählt, aber das war wohl meistens Unsinn aus billigen Schmökern und nicht aus eigenem Erleben.«

»Ja, wenn ich an mein erstes Mal denke«, kam Ingrid ins Schwärmen und legte Elvira noch ein Stück von der matschigen Schwarzwälder Kirschtorte, die ihr so gut schmeckte, auf den Teller. Dann fuhr Ingrid fort: »Ich war ja so verliebt und neugierig. Es war Herbst und das Stroh stand in Hocken. An einem warmen Abend haben wir es dann in einer Hocke ausprobiert. Der Junge hatte auch keine Ahnung und machte alles falsch. Dann die Angst vor der Entdeckung. Ich war völlig verkrampft und wohl deshalb hat es sehr wehgetan. Jedenfalls war ich froh, als es vorbei war. Und dann habe ich ein paar Monate gezittert, ob ich ein Kind bekomme, denn von Verhütung hatten wir beide noch nichts gehört. Darüber durfte man doch nicht sprechen. Aber eigentlich hatte ich gar keinen Grund für die Angst, ich bekam ja am nächsten Tag meine Regel. Nicht einmal das hatte meine Mutter mir erklärt. Trotz allem denke ich noch heute gern daran zurück, an meine erste Liebe.«

»Doch, das mit der Regel haben wir immerhin im Bio-Unterricht erfahren. Und Willi hatte beim Militär etwas über Verhütung gehört. Er war ja schon älter und ganz schön in der Welt herumgekommen. Aber was hatte er schon für Erfahrungen mit Frauen? Von zu Hause und aus der Schule hatte er die gleichen Kenntnisse wie du mitbekommen: Sex ist Schweinkram. Später dann ein paar Bordellbesuche, einige schnelle Abenteuer mit Mädchen, die wohl auch nicht viel besser waren als richtige Nutten. Willi sagt, ein Mann braucht wenigstens ab und zu eine Frau.«

»Ja, Elvira, so ist das wohl beim Mann. Ich weiß es nicht. Alles Mögliche lernt man in der Schule, aber über das Wichtigste im Leben, nämlich wie man gut mit anderen Menschen umgeht und wie man miteinander glücklich wird, darüber wird nicht gesprochen.«

»Und später tauscht man über alles Mögliche Erfahrungen aus: wie sich Blumen am längsten halten, wie man den besten Kuchen backt oder den schmackhaftesten Cocktail mixt. Aber wie man den richtigen Lebenspartner findet, wie man die Stunden zu zweit am intensivsten genießt, darüber darf um Gottes willen nicht geredet werden. Wie soll ein Mann wissen, welche Bedürfnisse seine Frau hat und wie er sie am besten erfüllt?«

»Ja, Elvira, eine blöde Moral. Aber der Sekt ist alle. Ich hol noch eine Flasche.«

Elvira nahm sich noch ein Stück von der verunglückten Schwarzwälder Kirschtorte. Mmmm, wie die schmeckt. Und sie war in einer Stimmung ...

Ingrid kam mit einer Flasche Sekt und einer Flasche selbst gemachtem Schlehenlikör zurück und setzte sich zu Elvira auf das Sofa. Den Likör musste Elvira probieren. Ein Glas nur. Sie schüttelte sich, spülte das scharfe Zeug mit viel Sekt hinunter.

Sie klönten noch ein bisschen über dies und das, die Sektflasche musste auch leer werden, und Elvira, die nichts gewöhnt war, glaubte bald, im Himmel sei Jahrmarkt. Als Ingrid sie dann in den Arm nahm und ihr zärtlich die Oberschenkel streichelte, wehrte sie sich nicht, sondern war nur noch selig.

Ingrid verschwand in einem Zimmer nebenan und rief nach kurzer Zeit: »Elvira, kannst du mal eben kommen? Ich will dir was zeigen.«

Die Gerufene wankte leicht aus dem Zimmer. »Wo – wo bist du denn?«
»Hier, Elvira, hier. Komm schon.«

Elvira erhob sich. Die Beine waren schwer, aber sie gehorchten noch einigermaßen, und sie konnte sich ja an der Wand abstützen. Sie ging durch die Tür in das Zimmer, aus dem sie die Rufe vermutete, aber sie sah Ingrid nicht. Sie ging noch einen Schritt weiter, da machte Ingrid, die hinter der Tür gewartet hatte, die Tür zu. Elvira drehte sich um, da umfing Ingrid sie auch schon, bedeckte ihr Gesicht mit heißen Küssen, streichelte sie am ganzen Körper.

Elvira war verwirrt. Aber vom Alkohol benebelt und ausgehungert nach Zärtlichkeit, schwanden ihre Hemmungen schnell. Ihr war es auf einmal so egal, wer sie streichelte und wo. Es war nur noch schön. Und Ingrid wusste genau, wo es am schönsten ist.

Als Elvira am Morgen in Ingrids Bett erwachte, hatte sie einen ausgewachsenen Kater und die Erinnerung an ein Abenteuer, wie sie es mit Willi nie erlebt hatte. Wie sie es überhaupt noch nie erlebt hatte.

Sex, das war doch nur ein Vergnügen für die Männer, für Frauen war das nur die eheliche Pflicht – ja, so hatte Elvira bis gestern gedacht. Jetzt wusste sie, dass es auch anders sein konnte. Ingrid hatte ihr gezeigt, wie schön man die Stunden zu zweit gestalten konnte, und es hatte kein Tabu gegeben. Aber Elvira war nicht ganz wohl in ihrer Haut. War das bei ihrer Erziehung ein Wunder?

»Du, Ingrid, das ist doch eigentlich unnatürlich, was wir gemacht haben.«

Aber Ingrid lachte nur: »Stimmt! Aber was ist bei uns zivilisierten Menschen noch natürlich? Dass ein Mann seine Frau verprügelt? Dass ein junger Mann das Vertrauen des Mädchens, das ihn liebt, schamlos ausnutzt und es sitzen lässt, wenn es schwanger ist? Dass die Eltern dann das Mädchen in seiner Not auch noch aus dem Haus jagen, weil nicht der junge Mann Schande über das Haus gebracht hat, sondern das Mädchen?

Dass der Pastor dann auch noch sagt, der Rauswurf einer Dirne sei gottgefällig? Für den gewissenlosen Kindesvater findet er selbstverständlich kein gleichwertiges Wort. Ist das alles natürlich? Also was machst du dir Sorgen? Ein Kind kannst du von mir nicht bekommen, gesehen hat uns niemand, und wenn du nichts erzählst, von mir erfährt keiner etwas, ich hätte ja selbst mit unter dem Getuschel zu leiden. Und nach dem ersten Abend mit meiner ersten Freundin ist es mir nicht anders gegangen. Dass sich ›so etwas‹ nicht gehört, hat man uns zu oft gesagt.«

»Wenn du meinst. Und gefallen hat es mir. Noch schöner wäre es, wenn ich mit Willi so etwas erleben könnte, aber der ist ja nie da.«

»Also, sei mit dem Spatzen in der Hand zufrieden, wenn du an die Taube auf dem Dach nicht rankommst.«

Kapitel 17

Eine Panne

Willi kam endlich wieder nach Hause. Die Arbeit im Ausland war abgeschlossen, Deutschland war inzwischen wiedervereint und der nächste Auftrag sollte in den neuen Bundesländern sein. Das bedeutete wieder eine Wochenendehe. Gegenüber dem vorherigen Zustand ein gewaltiger Fortschritt, aber genügte Elvira das?

Doch zunächst hatte Willi drei Wochen Urlaub, auf die er sich sehr gefreut hatte. Endlich konnte er seine Elvira wieder in den Arm nehmen, endlich konnte er wieder mit ihr schlafen.

Aber Elvira war irgendwie anders. Es kam Willi schöner vor als früher. Sie hatte auch so komische Wünsche, die sie früher nie geäußert hatte. War da vielleicht ein anderer Mann? »Gnade dir Gott, Mädchen, wenn ich das herausbekomme!«

Dass er in Afrika und Brasilien seinen Spaß gehabt und vielleicht ein paar Kindern zum Leben verholfen hatte, das war doch etwas ganz anderes, er war doch schließlich ein Mann. Eine Frau hatte treu zu sein. Jedenfalls seine Frau, seine Elvira.

Das war schließlich Gleichberechtigung. Er bekam kein Kind, also hatte seine Frau auch keins zu bekommen! Und wenn, dann von ihm! Aber jetzt noch nicht, er wollte erst mal sein Leben genießen, und dazu passte kein Kindergeschrei.

Na ja! Seine Kollegen hatten schon manchmal gefrotzelt, ob er seine Kinder mit dem Vollbart streicheln wolle, als Rentner habe er ja viel Zeit dafür. Willi hatte darauf immer geantwortet: »Und wenn, wen geht das was an?«

Dass es auch Elviras Sache war, dass sie einmal zu alt würde zum Kinderkriegen, darauf war er noch nicht gekommen. Genauso wenig, wie er darüber nachgedacht hatte, dass nicht nur ein Mann, sondern auch eine Frau, auch seine Elvira sexuelle Bedürfnisse hatte und dass er, wenn er schon auf Treue bestand, diese Bedürfnisse befriedigen musste. Aber auch diese fehlende Einsicht war ein Erfolg der liebesfeindlichen Erziehung.

Eines Tages waren auch die drei Wochen Urlaub vorbei und Willi war nur noch an den Wochenenden im Haus.

So sehr Elvira sich einmal nach Willi gesehnt hatte, jetzt war sie ganz froh darüber, dass er nur an den Wochenenden etwas von ihr verlangen konnte, was er für ihre Pflicht hielt und nicht für ein gemeinsames Vergnügen.

Jetzt, nachdem Elvira erfahren hatte, dass auch eine Frau ihren Spaß an der Liebe haben konnte, bemerkte sie, dass Willi ein großer Egoist ohne Einfühlungsvermögen war. Sie war, bei aller Liebe, sehr enttäuscht darüber, dass Willi nicht ein bisschen auf ihre Wünsche eingegangen war, sondern sogar böse wurde, wenn sie ihn einmal um etwas bat, was er noch nicht kannte. Ingrids Erfahrungen trafen also auch für ihre Ehe zu. Schade. Nun, was sollte es? Willi war die Woche über weg und Ingrid würde sich freuen, wenn sie wieder eingeladen würde. Und Ingrid freute sich wirklich. Die beiden hatten allerlei nachzuholen.

Auf der Baustelle, auf der Willi gerade beschäftigt war, ging etwas schief und Willi musste ein paar Tage aussetzen.

Willi kam an einem Mittwochabend und nicht am Wochenende nach Hause. In seiner Wohnung hörte er Geräusche aus dem Schlafzimmer. Also doch!

Wütend stürmte er ins Schlafzimmer und blieb wie vom Blitz getroffen stehen. Seine Elvira mit einer anderen Frau im Bett! Auf alles war er gefasst gewesen, aber mit einer anderen Frau? Was sollte er da machen? Bei einem Mann, da hätte er es gewusst, aber bei eine Frau?

Es dauert eine Weile, bis er sich gefasst hat, dann brüllte er: »Raus! Beide! Aber ganz schnell!« Dann ging Willi. Er war wie betäubt. Er kam bis zur Theke der nächsten Kneipe. Als die geschlossen wurde, ging er mit ein paar »Freunden« in eine andere und trank weiter. Die Schmach, dass seine Frau ihm untreu war, konnte er schon schwer ertragen, aber dass sie ihn mit einer Frau betrog …

Als Willi gegen Morgen sternhagelvoll wieder in seine Wohnung schwankte, war Elvira mit ihren persönlichen Sachen zu Ingrid gezogen. Kein Abschiedsbrief, nichts. Wozu auch? Willi hatte bisher kein Einfühlungsvermögen gezeigt, wie sollte sich das über Nacht geändert haben?

Willi schlief ein paar Stunden, wachte wegen der Helligkeit auf, war aber noch völlig verschlafen. Dann setzte er sich in seinen Wagen und wollte zur Baustelle zurück. Weit kam er nicht. Unausgeschlafen, Wut im Bauch und reichlich Alkohol im Blut – wie sollte das gut gehen? Nach ein paar Straßenecken übersah er eine rote Ampel und fuhr mit überhöhter Geschwindigkeit in einen anderen Wagen.

Als die Polizei kam, schlief Willi schon wieder. Die Polizisten rochen seine Fahne. Alkoholtest, Ausnüchterungszelle, Führerschein eingezogen.

Wieder nüchtern, stand Willi vor der Frage: »Wie komme ich zur Baustelle?«

Das Auto war hinüber, da hatte er Glück gehabt, dass er es bei dem Unfall nicht auch war, aber Betrunkene hatten ja oft einen Schutzengel. Mit der Bahn? Die Baustelle war sehr abgelegen, da musste er mehrmals umsteigen, und dann mit dem Taxi oder wie? Keine Lust dazu. Und wozu auch? Elvira hatte ihn betrogen und verlassen, was sollte er sich da noch anstrengen?

Als Willi nicht wieder auf der Baustelle erschien und sich auch nicht meldete, konnte ihm sein Gönner, Herr van Bebber, auch nicht helfen, er wurde wegen Arbeitsverweigerung entlassen.

Das war nun noch ein Grund mehr, über die Ungerechtigkeit der Welt zu schimpfen, sich zu bedauern und zu besaufen.

Willi hatte in seinem Leben oft kämpfen müssen, aber er hatte ein gesundes Selbstvertrauen, war still, bescheiden und er hatte nie den Mut sinken lassen. Seitdem er nicht mehr kämpfen musste, weil der Chef ihn unterstützte, hatte er sich verändert. Er hatte Starallüren entwickelt, und jetzt, wo derselbe Chef ihn wegen seines Leichtsinns fallen lassen musste, da wurde er zum heulenden Elend und bedauerte sich selbst.

Willi hat es wirklich böse erwischt. Als Kraftfahrer konnte er sich ohne Führerschein nicht bewerben und Aussicht auf eine Anstellung als Schlosser oder Schweißer hatte er – wenn überhaupt – erst nach Absitzen der zu erwartenden Gefängnisstrafe. Vom Arbeitsamt bekam er vorläufig kein Geld, weil ihm wegen Arbeitsverweigerung gekündigt worden war.

Ein gemütliches Zuhause hatte Willi nicht mehr, seit Elvira ausgezogen war. Die »Freunde«, die ihm in der Kneipe Gesellschaft leisteten, waren teuer. Das Geld war bald alle und da hatte er auch keine »Freunde« mehr.

Jetzt saß er allein in seiner Wohnung und langweilte sich. Vorübung für das Gefängnis, das würde ihm sicher das Einleben dort erleichtern.

Dann kam die Gerichtsverhandlung. Die Beifahrerin im anderen Wagen war an den Unfallverletzungen gestorben. Der Richter befand: Trunkenheit am Steuer in Tateinheit mit fahrlässiger Tötung – Führerscheinentzug und Gefängnis ohne Bewährung!

Willi war geradezu froh, als er endlich die Gerichtsverhandlung hinter sich hatte und ins Gefängnis kam. Aber viel Kontakt zu den Mitgefangenen, viel Unterhaltung hatte er dort auch nicht, nur hin und wieder ergab sich doch ein kurzes Gespräch.

»Na, Kumpel, wie kommst du denn hierher?«
»Autounfall mit einer Toten, und ich war nicht nüchtern. Und du?«
»Hab Geld gefunden.«
»Dafür kommt man doch nicht ins Gefängnis.«
»Wenn man erwischt wird, schon.«
»Wieso erwischt wird? Wo war das Geld denn?«
»Im Tresor von 'ner Firma.«
»Also Einbruch.«

»Quatsch! Ich hab doch nichts zerbrochen! Ganz vorsichtig aufgeschlossen. Tschüs!«

So konnte man das natürlich auch sehen.

Ein anderer, »Doppelkopf« wurde er nur genannt, denn er war ein Bulle von einem Kerl, hatte wirklich Pech gehabt. Die Kneipe war voll gewesen, die Gäste auch. Da stellte sich jemand neben Doppelkopf und nahm ihm das frisch gezapfte Bier weg. Doppelkopf war nicht kleinlich, er sah den anderen nur scharf an und bestellte neu. Als der Korn für Doppelkopf kam, ging der den gleichen Weg. Doppelkopf sagte nur: »Lass das!« Aber als er das nachbestellte Bier auch nicht bekam, rutschte ihm die Hand aus. Eine Ohrfeige, mit dem Handrücken so aus dem Handgelenk, weiter nichts. Der andere fiel um und stand nicht wieder auf. Genick gebrochen.

Der Richter meinte, das sei Totschlag. Doppelkopf meinte: »Wenn einer so empfindlich ist, dass er schon an einer Ohrfeige stirbt, dann sollte er nicht so intensiv darum betteln.« Aber das ließ der Richter nicht gelten, weil »der Angeklagte ja wisse, wie stark er sei«. Wer hatte denn da nun recht?

Willi fand Gelegenheit, sich bei jemand auszuheulen. Er klagte, sein ganzes Unglück habe er seiner Frau zu verdanken, weil sie ihn mit einer anderen Frau betrog und ihn verlassen hatte. Aber da war er an den Verkehrten geraten. Statt ihn zu bedauern, sagte der Gemütsmensch doch tatsächlich: »So, mit 'ner Frau hat se dich betrogen und ist dann abgehaun? Und warum quakst du dann? Bei 'ner Frau brauchste doch keine Angst vor Prügel zu haben, und 'n Kind kriegt deine Alte davon auch nich. Sei doch froh, dass se damit zufrieden is! Oder wär's dir lieber, wenn se mit so 'n Typ wie Doppelkopf ankommt und dich vor die Tür setzen lässt? Aber mal 'ne Frage: Warum is deine Alte nich mit dir zufrieden? Hast wohl nur an dein Vergnügen gedacht?«

Elvira und Ingrid hatten ihren Spaß zusammen, aber irgendwie war Elvira doch nicht zufrieden. Mit Ingrid, das war besser als gar nichts, das war der Spatz in der Hand, wenn man an die Taube auf dem Dach nicht herankam, wie Ingrid es einmal ausgedrückt hatte. Aber sie wollte doch auch einmal Kinder haben, noch war sie nicht zu alt. Nein, einen richtigen Mann konnte Ingrid doch nicht ersetzen. Aber wo war einer? Willi, wenn er aus dem Gefängnis kam? Nein, einmal genügte, dann lieber gar keinen! Und sonst?

Kapitel 18

Ein Hundeleben

Die Gefängniszeit war endlich vorbei. Willi wurde entlassen in die Freiheit. Nein, nicht in ein normales Leben, er wurde nur in die Freiheit entlassen. Nicht einmal an eine Wohnung war er jetzt gebunden. Elvira hatte sich nicht um die Miete gekümmert, und wer hätte es sonst tun sollen? Der Hauswirt war froh, dass er einen stichhaltigen Grund zum Kündigen hatte, ein Knastbruder passte nicht in sein Haus. Jetzt war Willi vom Arbeitsamt nicht vermittelbar, weil er keinen festen Wohnsitz, keine Anschrift für die Post hatte. Einen festen Wohnsitz konnte Willi aber erst bekommen, wenn er Miete bezahlen konnte. Und Miete konnte er erst bezahlen, wenn …

Willi kam sich vor wie der Hauptmann von Köpenick, bei dem biss sich auch die Katze in den Schwanz: Arbeitsplatz nur mit festem Wohnsitz, festen Wohnsitz nur mit festem Einkommen, festes Einkommen nur mit Arbeitsplatz …

Elvira hatte keine Schwierigkeiten mit der Scheidung und Willi hatte jetzt eigentlich andere Sorgen, aber die Frage von dem Knasti kam ihm immer wieder in den Sinn: »Warum ist deine Alte nicht mit dir zufrieden?« Er konnte dieser Frage nicht entgehen, sie nervte ihn, er musste darüber nachdenken.

Hatte Elvira nicht im letzten Urlaub so komische Wünsche geäußert, die er nur für einen Beweis ihrer Untreue gehalten hatte? Und dann hatte Elvira keinen Liebhaber, sondern eine Liebhaberin. Wieso konnte die ihr mehr geben als er, als ein Mann? War er vielleicht doch kein so guter Liebhaber, wie er geglaubt hatte?

So langsam, ganz langsam dämmerte es bei Willi, dass es vielleicht doch nicht nur an Elvira allein lag, dass sie ihn betrogen und verlassen hatte. Vielleicht hatte er doch etwas falsch gemacht, vielleicht hätte er doch auf ihre Wünsche eingehen sollen? Er sollte sie mal fragen.

»Ob Elvira noch an ihrem alten Arbeitsplatz ist?«, überlegte Willi. »Ich müsste mal nachsehen.« Und vielleicht konnte er sich mit Elvira aussprechen. Vielleicht würde sie sogar – nein, lieber nicht daran denken, sonst war die Enttäuschung nachher zu groß.

Als Willi mit seinen Überlegungen so weit gekommen war, erwachte er aus seiner Lethargie. Er kramte sein Rasierzeug aus seinem Zampelbüdel, rasierte und wusch sich, fand sogar noch ein einigermaßen sauberes Hemd. Eine mitleidvolle Seele gab ihm Geld für den Friseur, und schließlich sah Willi einigermaßen manierlich aus.

Ja, so konnte er Elvira unter die Augen treten, ohne sie und sich zu blamieren.

Willi machte sich auf dem Weg zu dem Kaufhaus wieder seine Gedanken: Wie Elvira wohl jetzt aussah? Ob sie freundlich zu ihm sein würde? Tausend Fragen gingen ihm durch den Kopf. Er war so aufgeregt wie vor dem ersten Rendezvous. Dann sah er sie. Elvira erschien ihm noch schöner, als er sie in Erinnerung hatte.

Verlegen ging er auf sie zu. Jetzt sah sie ihn. Sie musste ihn gesehen und erkannt haben, aber sie reagierte überhaupt nicht. Willi zögerte einen Moment, aber dann ging er doch zu seiner Frau und sprach sie an.

»Guten Tag, Elvira.«

»Was willst du?«

»Ich möchte mit dir reden, Elvira.«

»Aber ich nicht mit dir!«

»Aber warum nicht?«

»Als ich mit dir reden wollte, da hattest du es nicht nötig, und jetzt will ich nicht mehr. Lass mich in Ruhe!«

»Aber Elvira …«

»Frau Martens, belästigt Sie der – der Kunde?«, fragte ein Kollege, der in der Nähe gestanden und etwas gehört hatte.

»Ich geh ja schon«, sagte Willi und verschwand.

Elvira bedankte sich bei dem Kollegen: »Das war sehr nett von Ihnen, Herr Langer. Das war einmal mein Mann. Ich hatte Angst vor ihm, er ist sehr stark. Darf ich Sie zum Dank für Ihre Hilfe zu einer Tasse Kaffee einladen? – Nein, nicht in der Kantine, nach Feierabend in dem kleinen Café gegenüber. Wer zuerst kommt, wartet an der Theke?«

Zögernd kam die Antwort: »Jaaa – ja, doch. Ich denke, dagegen hätte Lisa nichts gehabt. Ja, bis dann.«

Elvira schaute etwas verwundert über diese Worte, aber dann fiel ihr ein, dass der Kollege Langer seit drei Jahren Witwer war. Er musste seine Frau sehr geliebt haben, wenn er solche Überlegungen anstellte.

Und wieder saß Elvira in dem kleinen Café. Dieses Mal war sie es, die mit der Einladung ein Ziel ansteuerte. Ganz behutsam ging sie vor. »Herr Langer, so wie Sie sich vorhin fragten, was Ihre verstorbene Frau zu der Einladung gesagt hätte, müssen Sie sie sehr geliebt haben.«

»Ja, sie war meine Jugendliebe und ich ihr erster Mann. Es war eine wunderbare Zeit mit ihr. Eine unsterbliche Liebe. Ich weiß, es klingt in der heutigen Zeit kitschig, aber es war so.«

»Wieso meinen Sie, dass das kitschig klingt? Es wäre doch traurig, wenn es nur noch oberflächlichen Sex gäbe statt wirklicher Liebe. Ich hätte so eine Liebe auch gern kennengelernt, aber es war der falsche Mann. Vielleicht waren wir auch von Anfang an zu oft getrennt, sodass die Liebe sich gar nicht richtig entwickeln konnte. Das hat wohl auch eine Rolle gespielt.«

»Sicher! Haben Sie Kinder?«

»Nein, das hat mein Mann abgelehnt. Er wollte erst einmal das Leben genießen und dazu passt, seiner Meinung nach, kein Kindergeschrei.«

»Also ein dummer Egoist! Wir haben zwei Kinder, einen Jungen und ein Mädchen, zwölf und 15 Jahre alt, jetzt also aus dem Gröbsten heraus. Sie trösten mich über manches hinweg.«

»Das Mädchen ist 15?«

»Ja.«

»Da braucht es eigentlich die Mutter. Es gibt Dinge, die von Tochter zu Vater und umgekehrt nicht so leicht zu erzählen sind. Ich weiß es aus meiner Jugend.«

Die Unterhaltung dauerte dann doch länger als von Herrn Langer geplant. Sie hatte ihm gutgetan und er ging leichten Schrittes nach Hause. So hatte er sich lange nicht gefühlt. Vielleicht sollte man so ein Treffen wiederholen?

Auch Willi hatte sich lange nicht so gefühlt. Er lief nicht nur herum wie ein geprügelter Hund, er fühlte sich auch so. Scheißweiber! Waren doch alle gleich!

Er ging in die nächste Kneipe. Wozu eigentlich? Er hatte doch gar kein Geld mehr. Aber das fiel Willi erst ein, als er vor dem Tresen stand. Enttäuscht drehte er sich um – und sah in ein Gesicht, das ihm irgendwie bekannt vorkam.

»Alter Arbeitskollege? Vielleicht, vielleicht auch nicht, ist doch egal«, dachte Willi und wollte wieder gehen.

Aber da wurde er angesprochen: »Sag mal, dich kenne ich doch? Du bist doch der Willi mit dem Autounfall?«

»Ja, ich bin Willi Martens. Wieso?«

»Herr Wirt, zwei Bier. Ist das hier deine Stammkneipe?«

»Nee, wieso?«

»Weil ich hier nur zufällig reinschau und dich treffe. Die Welt ist doch ein Dorf. Komm, Willi, erzähl, wie es dir geht.«

»Und wer bist du?«

»Walter. – Sag mal, kennst du mich nicht mehr?«

»Woher soll ich dich kennen?«

»Ist doch egal, woher wir uns kennen. Aber sag doch mal, wie es dir geht. Was machst du?«

»Was ich mache? Nichts! Und wie es mir geht? Beschissen wäre noch geprahlt!«

»Du machst nichts, du bist frei? Das passt ja prima. Ich brauche demnächst jemand, der mir hilft. Gut bezahlte Arbeit.«

»Demnächst ist zu spät, ich brauche jetzt Geld.«
»Kein Problem, Willi. Hier, mehr hab ich im Moment nicht bei mir.« Und damit drückte Walter Janßen dem verblüfften Willi einen Hunderter in die Hand. »Ich hätt' gern noch mit dir geklönt, muss leider zu 'ner Verabredung. Wo kann ich dich erreichen, Willi?«
»Mich erreichen? Wenn ich Glück habe, im Pik As, wenn ich Pech habe, am Bismarck, zweite Bank rechts.«
»Jetzt kannste Pik As ja bezahlen, trotzdem warte ich am Bismarck auf dich, zweite Bank rechts. Bis morgen um drei.«
Walter bezahlte noch das Bier, dann ging er und Willi hatte zwei Bier. Was Willi gerade über sich erzählt hatte und was Walter aus dem Knast über ihn wusste, genügte ihm fürs Erste. Willi wusste nicht, dass sie sich im Knast begegnet waren. Er konnte Auto fahren, er war allein und – das Wichtigste – er war pleite und verzweifelt. Willi war genau der Mann, den er brauchte!

Emil Janßen, Walters Vater, hatte keinen Beruf erlernt. Solchen Luxus konnte sein arbeitsloser Vater nicht finanzieren. Als Emil seine Schulpflicht erfüllt hatte, musste er Geld verdienen, Steine tragen auf dem Bau. Damals gab es noch keine Baukräne wie heute, da war noch alles Hand- oder besser gesagt Knochenarbeit. An dieser schweren und stumpfsinnigen Arbeit konnte man wirklich keine Freude haben. Dann kam Emil zum Arbeitsdienst und anschließend zum Militär. Auch keine sinnvollen Beschäftigungen.

Als Emil vom Militär entlassen werden sollte, ja, da begann der Zweite Weltkrieg und Emil durfte mitmachen. Aber welcher Mensch findet schon Erfüllung darin, entweder Jagd auf andere Menschen zu machen oder selbst als Zielscheibe zu dienen?

Emil hatte also nie eine Chance gehabt, einen Beruf zu erlernen, der ihm lag, nie eine Tätigkeit ausgeübt, an der ein Mensch hätte Freude finden können. So entwickelte Emil eine unüberwindliche Abneigung gegen regelmäßige Arbeit, und gegen gefährliche Unternehmungen war er seit dem Krieg allergisch. Da auch er Geld brauchte, wurde er zum kleinen Gauner.

Er schlug sich mit Gelegenheitsarbeiten und Gelegenheitsdiebstählen mehr schlecht als recht durch. Da Emil vorsichtig war, wurde er nur selten erwischt, und wenn, dann fand der umgängliche, geradezu freundliche Mann, der nie gewalttätig wurde, der eigentlich nur den oft bodenlosen Leichtsinn anderer ausnutzte, fast immer milde Richter.

So hatte Emil die meiste Zeit seines Lebens in Freiheit verbracht. Aber da er selbst nie erfahren hatte, was es hieß, für eine gelungene Arbeit Stolz zu empfinden, konnte Emil seinem Sohn eine derartige Erfahrung nicht weiterreichen.

Walter hatte die Abneigung gegen regelmäßige Arbeit von seinem Vater geerbt. Aber anders als sein Vater glaubte Walter, dass man kein Risiko einging, wenn man nur alles, aber auch wirklich alles berücksichtigte, alles genau bedachte und exakt nach dem Plan arbeitete. Deshalb schreckte Walter auch keine noch so hohe Strafe. Bestraft wurden seiner Meinung nach nur Dummköpfe, die unnötige Fehler machten. Kurzum, Walter verachtete seinen Vater, der eigentlich ein Feigling war und spießbürgerlich dachte.

Walter fühlte sich zu Höherem geboren. Die Gebrüder Sass (legendäre Geldschrankknacker der Zwanzigerjahre) und später die englischen Posträuber waren seine Vorbilder. Er träumte vom großen Reichtum durch ein perfektes Verbrechen.

Dass alle diese Vorbilder gefasst wurden und ins Gefängnis kamen, das registrierte Walter einfach nicht, er sah nur die Erfolge, nicht aber das Scheitern. Er selbst war bei jedem seiner »perfekten Verbrechen« über irgendeinen dummen Zufall gestolpert. Und jedes Mal bekam er viel Zeit zum Nachdenken, die er auch nutzte – um herauszufinden, wie er diesen Fehler hätte vermeiden können.

Walter machte niemals einen Fehler zweimal. Wozu auch, wo es doch so viele Möglichkeiten gab, neue zu machen. Jetzt plante Walter gerade wieder ein »perfektes Verbrechen«, für das er einen Helfer brauchte. Willi war dafür genau der richtige Mann.

Kapitel 19

Gehirnwäsche

Am nächsten Tag war Willi pünktlich zur Stelle. Walter kam bald darauf. Zusammen gingen sie in eine Kneipe, wo sie bei einem Glas Bier über Politik, Arbeit und Arbeitslosigkeit und alles Mögliche redeten.

Willi merkte gar nicht, wie Walter ihn ganz gezielt aushorchte, er redete sich seinen ganzen Frust von der Seele, freute sich, dass ihm endlich wieder einmal jemand aufmerksam zuhörte und ihm keine Vorwürfe machte oder gute Ratschläge erteilte.

Was Walter erfuhr, konnte er gut für seinen Plan verwenden. Willis Vorgesetzte hatten seine Gutwilligkeit allzu kräftig ausgenutzt, aber wenn er einmal nicht nach Wunsch funktionierte, wurde er entlassen. Jetzt war er verbittert. Weil Willi kein Geld mehr hatte, hatten ihn die Freunde verlassen. Er war einsam. Elvira hatte Willi verlassen, das machte ihn noch einsamer. Willi hatte kein Dach über dem Kopf und er sah keine Möglichkeit, das durch Können und Fleiß zu ändern. Willi hatte deswegen kein rechtes Vertrauen mehr in unsere Gesellschaft.

Am nächsten Tag begann Walter mit einer gründlichen Aufklärung, man konnte es auch Gehirnwäsche nennen: Alle Unternehmer waren Verbrecher, und die Vorgesetzten waren ihre Helfershelfer.

»Willi, dass dir deine Elvira untreu geworden ist, daran bist weder du noch Elvira schuld.«

»Klar, daran ist nur diese Lesbe schuld!«

»Nee, Willi, die auch nicht, sondern die Gesellschaft, die Unternehmer, die Reichen.«

»Wieso das?«

»Ich will's dir erklären. War deine Frau dir treu, als du zu Hause warst?«

»Erlaube mal! Natürlich war sie mir treu! Sonst hätte sie ja nicht den Abteilungsleiter so blamiert!«

»Ja, so nutzen Vorgesetzte ihre Macht aus. Dass der bei deiner Frau mal an die Verkehrte gekommen ist, war sein Pech. Aber war sie dir auch treu, als du nur an den Wochenenden bei ihr warst?«

»Weiß ich nicht, ich war ja nicht da.«

»Siehst du, du weißt es nicht, weil du zu oft weg warst. Und weil du so selten bei ihr warst, deshalb hat deine Frau das Alleinsein nicht ausgehalten. Und warum ist sie allein gewesen?«

»Ja, ich musste doch arbeiten.«

»Und warum konntest du das nicht in dieser Stadt?«

»Der Chef hatte hier keine Arbeit für mich.«

»Und das glaubst du? War es nicht so, dass er in Brasilien besser an eurer Arbeit verdient hat? Arbeit hätte er auch hier gehabt, und wenn er dich hier beschäftigt hätte, dann wäre dir deine Frau auch treu geblieben.«

»So hab ich das noch nie gesehen, Walter.«

»Weil du nicht über Politik nachdenkst. Du kennst nur deine Arbeit und sonst nichts. Für die Unternehmer bist du nur ein nützlicher Idiot und du wehrst dich nicht dagegen. Deshalb ist dir alles schiefgelaufen. Denk mal darüber nach, Willi, was ich dir gesagt habe.«

So führte Walter ihm in den nächsten Tagen und Wochen immer und immer wieder vor Augen, wie es aus seiner Sicht zu den Missgeschicken gekommen ist. Walter erklärte Willi immer wieder, dass das alles nur mit ihm geschehen konnte, weil er immer nur gehorcht hatte. Willi dachte über Walters Worte nach und fand so langsam, dass der vielleicht gar nicht so falschlag.

Wieder ein Abend in einer Kneipe. Walter erklärte Willi wieder einmal, dass seine früheren Arbeitgeber alle Verbrecher waren. Wie war das mit Stingelmayr gewesen, wo ihm sogar das Gericht bestätigt hatte, dass er zu Unrecht entlassen worden war – mal ganz davon abgesehen, was der saubere Herr Fabrikeigentümer sonst noch für Schwindel und Betrug gemacht hatte, der Willi nicht direkt betraf? Und wie war das mit der

Reise nach Ungarn gewesen, wo die Fahrer für doppelte Schichten eingeplant waren? Oder mit dem Baumaterialhändler, dessen Sohn die Autos reihenweise plattgemacht hatte, der aber Willi entlassen hatte, weil er eine falsche Anweisung befolgt hatte? Und die Schinderei mit den Fahrten zur Tochterfirma, war das anständig? Oder das rollende Teilelager für die Autoindustrie? Und wegen was für einer Bagatelle war er bei der letzten Firma entlassen worden? War doch eigentlich unzumutbar gewesen, ohne Auto zu der abgelegenen Baustelle zu kommen. Waren doch alles Verbrecher, die Unternehmer und ihre Helfershelfer. Das hatte Willi ja wirklich alles erlebt, nur nicht aus dieser Sicht betrachtet.

Walter rief ihm auch noch einmal die Geschichte mit dem Abteilungsleiter seiner Frau ins Gedächtnis. Wahrlich kein Ruhmesblatt für einen Vorgesetzten, und Walter sagte, dass die alle so seien.

Schließlich übernahm Willi Walters Betrachtungsweise und seine Wut auf die Gesellschaftsordnung wurde von Tag zu Tag größer, so groß, dass sie ihn für jeden klaren Gedanken unempfänglich machte. Ja, wenn er sich nicht hätte in der Welt herumschicken lassen, dann wäre Elvira noch seine Frau, dann hätte er ein Zuhause, dann …

Und noch etwas lernte Willi: Er lernte Hamburgs Kneipen kennen, denn Walter achtete darauf, dass sie nirgends einen bleibenden Eindruck hinterließen, dass sich spätestens nach ein paar Tagen niemand an das unauffällige Duo erinnern konnte.

Wieder trafen sich Willi und Walter. Heute sprach Walter lang und breit zu Willi darüber, dass den Bankangestellten das Geld auf der Bank gar nicht gehöre und dass deshalb die Bankangestellten gar keinen Grund hätten, für das Geld ein Risiko einzugehen. Überdies sei die Bank doch versichert, hätte also gar keinen Verlust, wenn Geld gestohlen würde.

Dann heizte Walter Willis Wut weiter an. Konnte ein Millionär wirklich das Hundertfache von dem eines fleißigen Facharbeiters leisten? Aber wieso verdiente er das Hundertfache, ohne einen Finger zu rühren? Um dieses Geld würden doch die Facharbeiter und die Angestellten betrogen. So sähen das auch die Bankangestellten. Und deshalb hätten sie auch kein Interesse, ihre Gesundheit oder gar ihr Leben für das Geld der

Millionäre zu riskieren, denen die Banken ja gehörten. Man müsse den Leuten nur ein glaubwürdiges Alibi beschaffen, und dafür genüge eine Schreckschusspistole, die auf den Fotos wie eine scharfe Waffe aussah.

Kurz: Walter bereitete Willi auf einen Banküberfall vor, der – wie Walter behauptete – völlig ungefährlich war, weil die Bankangestellten ja eigentlich mehr auf der Seite der Bankräuber standen als auf der Seite der Reichen, von denen sie ausgebeutet wurden.

An einem Montagabend ließ Walter die Katze aus dem Sack: »Übrigens, Willi, ich habe vorgestern bei einem Ausflug mit meiner Freundin in einer Kleinstadt eine ganz altmodische Bank entdeckt. Sie hat keine modernen Sicherheitseinrichtungen und liegt weitab von der nächsten Polizeidienststelle. Eigentlich doch direkt eine Einladung, das Geld abzuholen, um das man uns betrogen hat. Oder etwa nicht? Ich bin dafür, dass wir uns unser Geld holen, und dann machen wir einen drauf.«

Aber so ganz war Willi noch nicht überzeugt. »Du, Walter, wenn das wirklich so einfach ist, wozu brauchst du dann einen Helfer?«

»Das hab ich dir doch schon gesagt, Willi, aber ich will's dir noch mal erklären: Erstens brauchen wir zwei Fahrzeuge. Eins für den Überfall, das die Leute sehen und der Polizei beschreiben können. Und eins, in das wir für die eigentliche Flucht nach ein paar Kilometern umsteigen, das die Leute nicht kennen. Also brauchen wir auch zwei Fahrer.«

»Aber ich hab doch keinen Führerschein.«

»Der Wagen fährt auch ohne Führerschein. Und wie oft hat dich die Polizei schon ohne Grund kontrolliert? Siehste! Zweitens: Du sollst das Geld vom Schalter abholen, ich bleib mit der Schreckschusspistole an der Tür stehen, von wo aus ich alles im Blick habe und die Menschen in Schach halten kann. Das ist für die Bankangestellten das Alibi, dass sie nichts gegen die bewaffneten Täter machen konnten und das Geld herausgeben müssten, wenn sie nicht die Kundschaft und sich selbst in Lebensgefahr bringen wollen. Auf den Bildern, wenn in der Bank überhaupt welche gemacht werden, kann man nicht unterscheiden, ob das eine scharfe Pistole ist oder nur eine Attrappe.« Und dabei zeigte er Willi so eine Schreckschusspistole.

»Ja, Walter, das habe ich verstanden. Du hast aber auch an alles gedacht. Na ja! Du hast ja auch Erfahrung.«

Walter hatte es also geschafft.

Erfahrung hatte Walter ja wirklich. Seit er aus der Schule war, hatte er mehr Zeit im Gefängnis verbracht als zu Hause. Aber das hatte er Willi natürlich nicht erzählt. Und er erzählte Willi auch nicht, dass er nach dem Überfall mit ihm in eine Kiesgrube fahren wollte, angeblich um das Geld zu teilen. Dort würde Willi dann merken, dass Walter nicht teilen wollte und dass er auch keine Schreckschusspistole hatte, aber dann wäre es zu spät. In der Kiesgrube würde niemand den Schuss hören, und die Leiche wäre schnell vergraben. Und wer sollte Willi schon vermissen? Aber selbst wenn ihn jemand vermisste, wer könnte sich an seinen Begleiter erinnern?

Auch Elvira und Herr Langer hatten sich des Öfteren getroffen und Gefallen aneinander gefunden. Selbstverständlich war Ingrid aufgefallen, dass Elvira nach Feierabend immer öfter eigene Wege ging, und sie zog den richtigen Schluss daraus. Bald würde ihr »Spatz in der Hand« davonfliegen. Aber was sollte sie machen? Streit würde nur andere auf sie aufmerksam machen.

Herr Langer wollte seinen Kindern endlich Elvira vorstellen, aber Elvira riet davon ab. »Kinder sind da manchmal sehr empfindlich, Felix, wenn plötzlich Ersatz für ihre Mutter auftaucht. Sie müssen sich an mich gewöhnt haben, bevor sie die Zusammenhänge erfahren.«

»Und was schlägst du vor?«

»Du hattest doch in den letzten Wochen wenig Zeit für deine Kinder und Hausarbeit ist auch liegen geblieben, da brauchst du doch eine Entlastung.«

»Ach, du willst dich als Haushälterin einschleichen?«

»Ja, und dabei lernen nicht nur die Kinder, sondern auch wir uns kennen. Ist doch ganz logisch, oder?«

Hans, der Sohn, hätte sowieso nichts dagegen gehabt, dass hin und wieder eine Frau ins Haus kam. Die Mutter war doch schon so lange tot und bei der Hausarbeit zu helfen war ihm zuwider. Weiberarbeit. Dass sein Vater die »Weiberarbeit« gemacht hatte, damit sie überhaupt gemacht wurde, darüber hatte er noch nicht nachgedacht.

Jetzt arbeitete Elvira jeden Sonnabend nach Ladenschluss als Putzfrau bei Herrn Langer. Das akzeptierten die Kinder. Sie waren sogar froh, dass sie von der Hausarbeit entlastet wurden und dass der Vater endlich mehr Zeit für sie hatte. Und sie gewöhnten sich an Elvira – als Putzfrau.

Felix fiel es schwer, Elvira gegenüber im Hause fremd zu tun, aber er schaffte es eine ganze Weile. Rieke aber war misstrauisch und hatte eine gute Beobachtungsgabe. Kaum hatte ihr Vater die »Haushälterin« ein wenig länger ein wenig verliebt angeschaut, da hatte das kluge Mädchen das Spiel durchschaut. Rieke war gegen Elviras Erscheinen, aber was sollte sie gegen Vater sagen, da gab es andere Möglichkeiten.

Als Elvira sie am nächsten Sonnabend begrüßte, sagte Rieke gleich bissig: »Ich sage aber nicht Mutter zu dir!« Elvira hatte mit so einer Reaktion gerechnet und entgegnete freundlich: »Das wäre auch ganz falsch, Rieke. Ich bin nicht deine Mutter, also darfst du mich auch nicht so nennen. Und ich werde dir deine Mutter auch nie ersetzen können, gerade so, wie ich deinem Vater nie die Frau ersetzen kann, die er so viele Jahre geliebt hat. Auch wenn dein Vater es anscheinend gern möchte. Und wir beide können Freunde werden, mehr nicht, und auch nur dann, wenn du es auch möchtest.« Damit ging Elvira, bevor Rieke etwas darauf erwidern konnte, und ließ sie allein mit ihren Gedanken. Freundschaftliche Gefühle konnte man nicht erzwingen.

Am nächsten Sonnabend bat Elvira Rieke ein paarmal, etwas von ihrer Mutter zu erzählen, was sie zusammen Schönes erlebt hatten, aber Rieke schwieg sich aus.

Die Spannung hielt an, bis Rieke ihren ersten ernsten Liebeskummer hatte. Ihr Freund wollte mehr als Petting, sie nicht. Das genügte. Ein schöner Freund. Sie war untröstlich. Da sagte Elvira zu ihr: »Ja, Rieke, davon hat man euch im Biologieunterricht nichts gesagt, dass Liebe nicht nur die Anatomie, nicht nur den Körper betrifft, sondern, vor allem bei der Frau, auch die Seele. Dir tut es weh, dass dein Freund dich nach ein paar Wochen Kennenlernen verlassen hat. Du kanntest ihn kaum, kannst dir kaum vorstellen, was Liebe sein kann, trotzdem hast du Liebeskummer, bist untröstlich.«

»Natürlich weiß ich, was Liebe ist! Ich bin doch kein kleines Kind mehr!«

»Stimmt, Rieke, ein kleines Kind bist du nicht mehr, aber für eine wirklich tiefe Bindung, wie zwischen deiner Mutter und deinem Vater, wart ihr nicht lange genug zusammen. Liebeskummer wird umso schlimmer, je länger man miteinander vertraut war. Und noch etwas spielt bei euch jungen Leuten eine Rolle: In eurem Alter muss man noch andere Partner kennenlernen, Erfahrungen sammeln. Trotzdem, wenn du nachdenkst, kannst du dir jetzt ein bisschen vorstellen, was dein Vater all die Jahre seit dem Tod deiner Mutter ertragen hat. Er hat sie so lange gekannt und so sehr geliebt. Gönnst du ihm nicht das bisschen Trost, das ich ihm geben kann?«

Rieke sah sie böse an. »Aber er hat doch mich und Hans.«

»Ja, und das hilft ihm ein wenig, das Leben ohne seine Frau zu ertragen. Aber Erwachsene haben auch Probleme, über die sie nicht mit ihren Kindern sprechen können. Und falls du befürchtest, dass dein Vater meinetwegen deine Mutter vergisst – nein, das brauchst du nicht zu befürchten. Und das will ich auch gar nicht, warum sollte ich? Aus deines Vaters Erinnerung kann ich deine Mutter nie verdrängen, dafür hat dein Vater seine Frau viel zu sehr geliebt. Sie war seine erste Liebe. Ich kann ihm nur ein bisschen Trost spenden. Und noch etwas solltest du bedenken: Auf dich kommen in den nächsten Jahren noch Probleme zu, über die du nicht mit deinem Vater sprechen möchtest.«

»Quatsch! Mit meinem Vater kann ich über alles sprechen.«

»Wart's ab! Ein bisschen hast du ja schon zu spüren bekommen, dass die Liebe auch Probleme bringen kann. Die Frau bekommt die Kinder, nicht der Mann. Und der Höhepunkt der Liebe findet bei einer Frau nicht wie beim Mann außen an einer kleinen Verzierung statt, sondern mitten in ihrem Körper. Deshalb hat eine Frau eine ganz andere Einstellung dazu. Wenn du vor der Frage stehst, wie weit du gehen sollst, dann bist du froh, wenn du mit einer erfahrenen Frau darüber sprechen kannst.«

»Das glaube ich nicht!«

»Das brauchst du jetzt auch noch nicht zu glauben und mir schon gar nicht, aber mit deinem Vater solltest du darüber sprechen. Frage ihn alles, was du wissen möchtest, er wird dir mit anderen Worten dasselbe sagen, was ich dir eben erzählt habe.«

Und dann erzählte Elvira von ihrer ersten Liebe, wie sie Willi kennengelernt hatte und wie ihre Ehe gescheitert war. Wie unglücklich sie nach dem Schicksalsschlag war und wie eine neue Liebe einen Menschen verwandeln konnte.

Rieke konnte an diesem Abend lange nicht einschlafen, teils aus Liebeskummer, teils weil sie über Elviras Worte nachdenken musste. Sie gingen ihr einfach nicht aus dem Kopf. Und plötzlich fiel ihr ein, dass ihr Vater in der letzten Zeit viel fröhlicher war. Ob das die Liebe zu dieser Frau gemacht hatte? Und es fiel ihr ein, dass er sich jetzt viel intensiver mit Mutters Andenken beschäftigte als in den Jahren, in denen er immer so traurig gewesen war. Also vergaß er seine Frau, ihre Mutter, wohl doch nicht wegen der anderen Frau. Und mit Hans und ihr beschäftigte Vater sich jetzt auch viel mehr, und damit er dafür Zeit hatte, musste Elvira bei der Hausarbeit helfen. Ja, wenn das so war … Das musste sie morgen gleich Vater fragen. Und dann fiel ihr plötzlich wieder ein, was Mutter ihr noch am Tag vor ihrem Tod gesagt hatte, was sie aber verdrängt hatte: »Wenn euer Vater sich eine andere Frau ins Haus holt, dann gönnt ihm das. Macht euch allen das Leben nicht schwer, ich habe nichts davon, wenn Vater ewig um mich trauert.« Es war gut, dass ihr das wieder eingefallen war. Mit diesem Gedanken schlief sie ein.

Kapitel 20

Ein langweiliger Tag

Am Tag des Überfalls trafen sich Walter und Willi schon ziemlich früh am Morgen. Mit einem unauffälligen Wagen, den Walter eben erst gestohlen hatte, ging es nach Kiel. Unterwegs zeigte Walter auf einen Parkplatz im Wald. »Du, Willi, merk dir diesen Platz hier und den Weg von Kiel hierher. Da sollst du nachher diesen Wagen hinbringen und auf mich warten.«

»Aber da müssen wir auf dem Rückweg erst Richtung Kiel fahren.«

»Ja, das ist auch so richtig. Ich besorge in Kiel einen anderen Wagen und den findet die Polizei später, identifiziert ihn als das Fluchtfahrzeug und sucht in Kiel nach uns. Aber fahr vorsichtig, damit du nicht einer Verkehrskontrolle auffällst. Geklauter Wagen und kein Führerschein ...«

In Kiel stieg Walter aus, Willi fuhr zurück zum Treffpunkt. Er brauchte nicht lange zu warten, Walter hatte schnell etwas Geeignetes gefunden, schnell und schön bunt, da würden sich die Zeugen aber über die Farbe streiten.

Willi stieg ein, sie fuhren ein paar Kilometer auf einer Seitenstraße bis in eine Kleinstadt oder ein großes Dorf, Groß Borkau stand auf dem Ortsschild, dann hielt Walter vor einer kleinen Bankfiliale.

Kein Mensch weit und breit. Sie zogen Strümpfe über ihre Gesichter und gingen in die Bank.

In der kleinen Filiale der Bank war heute wirklich nichts los. Der Kassierer Heinrich Börnsen, ein älterer, rundlicher und sehr bedächtiger Mann, hatte gerade den Rest seines Frühstücksbrotes weggelegt und griff zur

Zeitung, als ein Ruf die Stille zerriss: »Hände hoch! Dies ist ein Überfall! Bleiben Sie ruhig an Ihrem Platz und folgen Sie unseren Anweisungen, dann geschieht Ihnen nichts!«

Herr Börnsen blickte auf und sah zwei Gestalten im Blaumann und mit einem Strumpf über dem Gesicht. Der eine stand mit der Pistole in der Hand direkt neben der Tür, während der andere mit einer großen Einkaufstüte geradewegs auf ihn zusteuerte.

»Alles Geld hier rein! Aber ein bisschen dalli!«, herrschte der Bankräuber Herrn Börnsen an und hielt die Plastiktüte mit beiden Händen auf. Schweigend zog Herr Börnsen die Tüte zwischen den Gitterstäben seines altmodischen Kassenkäfigs zu sich hinein, drehte sich bedächtig zu seinem Kassenschrank um, füllte umständlich mit beiden Händen einen Stapel Banknoten nach dem anderen in die Tüte.

»Schneller!«, schrie der Bankräuber vor dem Kassenschalter. Heinrich Börnsen wandte seinem Gegner langsam den Kopf zu, krauste die Stirn und presste die Lippen aufeinander, wie immer, wenn ihm etwas nicht gefiel. Geräuschvoll zog er Luft durch die Nase ein und schüttelte ein bisschen den Kopf wegen der unnötigen Hast. »Keine Angst, junger Mann, hier kommt so schnell niemand und stört uns.« Dann sah er wieder zurück in den Geldschrank und machte weiter. Endlich war er fertig, drehte sich zurück zum Schalter und hielt die Tüte an das Gitter. Selbstverständlich passte die prallvolle Tüte nicht zwischen den Gitterstäben hindurch.

»Idiot! Rüberwerfen!«, brüllte der Bankräuber vor der Kasse. Herr Börnsen gehorchte auch jetzt, warf die Tüte mit dem Geld im hohen Bogen über das Gitter, und während die Blicke der Bankräuber erwartungsvoll der Beute folgten, schoss Herr Börnsen auf den bewaffneten Mann an der Tür. Er hatte die Pistole, die er – als einzige Sicherheitseinrichtung in dieser rückständigen Filiale – seit Jahren im Kassenschrank unter den Banknoten liegen hatte, mit den letzten Scheinen hinter der Tüte unauffällig in die Hand genommen.

Der Bankräuber an der Tür schrie auf, ließ seine Pistole fallen und presste die Hände vor den Leib. Der Komplize vor dem Schalter hatte die Hände der Beute entgegengestreckt, jetzt behielt er sie gleich oben, während die Tüte hinter ihm auf dem Boden zerplatzte. Von nun an gab Herr Börnsen die Kommandos.

»Umdrehen! Gehen Sie zu Ihrem Komplizen. Mehr links bleiben, damit Sie ihn nicht verdecken!«

Der Mann an der Tür kippte vornüber und lag jetzt regungslos auf dem Bauch. Herr Börnsen befahl weiter: »Stoßen Sie die Pistole mit dem Fuß in meine Richtung! Gut! Umdrehen! Kommen Sie langsam wieder auf mich zu. Halt, halbe Drehung nach rechts. Gehen Sie zu der Tür vor Ihnen. Reingehen und zumachen!«

Herr Börnsen kam aus dem Kassenkäfig heraus und schloss die Tür zum Verhandlungsraum ab, ohne auch nur einen Moment den Mann auf dem Boden aus den Augen zu verlieren. Er ging zu der verkrümmten Gestalt, hob mit der linken Hand ein Bein an. Nein, der machte bestimmt keinen Ärger mehr. Dann ging er zu der Pistole, steckte einen Bleistift in den Lauf und trug die Waffe so zum leeren Kassenschrank, griff zum Telefon und wählte eins eins null.

»Polizeimeister Jakobs«, meldete sich eine Stimme.

»Guten Morgen, Franz. Hier ist Börnsen von der Bank. Entschuldige, wenn ich störe, aber kann mal jemand rüberkommen zur Bank? Hier war gerade ein Überfall, und jetzt muss die Leiche weggebracht werden. Der Zweite ...«

»Mensch, Hein! Wie oft hab ich dir gesagt, du sollst nicht den Helden spielen und in der Gegend rumballern! Wenn da nun Kundschaft bei verletzt würde – was dann? Oder wenn du getroffen würdest?«

»War ja keine Kundschaft da. Und ich stand in Deckung hinter dem zweiten Täter, der vor dem Tresen stand. Eine Waffe hatte nur der Täter an der Tür. Auf den habe ich geschossen. Einen Schuss. Was kann ich dafür, dass der so empfindlich ist – hätte sich einen anderen Beruf wählen sollen.«

»Hein, du bist vielleicht ein Gemütsmensch! Also gut. Ich sage der Kripo Bescheid und komme längs.«

Als Willi den Schuss hörte, wurde ihm schlagartig klar, worauf er sich da eingelassen hatte. Starr vor Schreck behielt er die Hände oben, die er der

Tüte mit dem Geld entgegengestreckt hatte. Als es ihm befohlen wurde, hatte er sich umgedreht und Walter am Boden liegen sehen. Er leistete wie betäubt den Kommandos Folge und war in den Raum gegangen, in dem er nun saß. Jetzt lockerte sich langsam die Starre, er fing an zu denken. »Walter lag so verkrümmt und regungslos da. Wie es ihm wohl geht? Bestimmt nicht gut. Aber zu was hat der Mistkerl mich da bloß überredet! Der hat mich doch besoffen gequatscht und belogen. Von wegen, die Bankangestellten haben gar kein Interesse, das Geld der Reichen zu verteidigen, und gehen kein Risiko ein. Wenn es wirklich so wäre, dann würde Walter jetzt nicht am Boden liegen. Na ja! Jetzt weiß er es besser. Und wie geht es jetzt weiter? Muss ich ins Gefängnis? Und wofür? Nur weil ich so blöd war, auf einen Verbrecher zu hören? Nein! Wie komme ich hier raus?«

Plötzlich wusste Willi wieder, was er wollte, die Starre fiel von ihm ab.

Er zog sich den Strumpf vom Gesicht und sah auf. Das Fenster war vergittert. Sah nicht besonders stabil aus, war mehr Zierde, aber mit bloßen Händen – nein, das würde nichts. Was konnte als Werkzeug dienen? Da waren drei Stühle, ein Tisch, ein kleiner Schrank, mehr nicht. Tischbeine! Die mussten genügen. Wie bekam man die los?

Willi drehte den Tisch um. Die Beine waren mit Flügelmuttern festgeschraubt. Na, fest war übertrieben, die fielen ja bald von allein ab. Mit zwei Tischbeinen ging Willi zum Fenster, öffnete es leise. Draußen fuhr gerade ein Wagen vor. Polizei? Dann aber Beeilung! Er steckte die Tischbeine durch das Gitter, hebelte zwei Gitterstäbe auseinander, ließ die Tischbeine fallen, zwängte sich durch die Lücke, war frei, der glatte Blaumann hatte ihm dabei geholfen.

Willi stand neben dem Haus in einem Garten. Vorsichtig lugte er um die Ecke – kein Mensch zu sehen –, da stand der Polizeiwagen. Leer!

Franz Jakobs, der Polizeimeister, war so schnell wie möglich zur Bank gekommen. Er trat ein. Während er den Bankangestellten begrüßte, sah er sich um.

»Moin, Heinrich. Das ist ja 'ne schöne Bescherung!«

»Moin, Franz. Berufsrisiko. Der andere ist da drinnen gut verwahrt.« Der Polizist fühlte an Walters Halsschlagader und sagte: »Kein Puls zu fühlen. Der ist tot, der erschreckt dich nicht noch mal.« Er drehte die Leiche auf den Rücken, suchte nach Papieren. »Keine Papiere. Macht nichts, der war bestimmt ein Profi. Gesicht und Fingerabdrücke werden wir garantiert in der Kartei finden. Wo hast du die Waffe?«

»Hier, bitte.« Und damit reichte Heinrich Börnsen ihm die auf einen Bleistift gespießte Pistole. »Ist kein Spielzeug!«

Die Schlüssel für das Fluchtfahrzeug hatte Walter in der Tasche, die konnte Willi jetzt nicht erreichen. Aber er hatte Glück: Der Polizeiwagen war nicht abgeschlossen und der Schüssel steckte. Niemand war zu sehen, der Motor sprang sofort an und weg war Willi.

Der Polizeimeister sagte gerade: »Okay! Der hier läuft nicht weg, sehen wir uns mal den anderen Vogel an.« Da hörten die beiden draußen ein Auto abfahren. »Mensch, das ist doch mein Wagen! Das ist vielleicht ein frecher Hund!«

Der Polizist sprang zur Tür, sah hinaus – sein Wagen war tatsächlich nicht mehr da.

»So was Dummes! Hab ich doch in der Eile tatsächlich den Schlüssel stecken lassen. Na, Freundchen, weit kommst du damit nicht. Ich darf doch mal telefonieren? Danke.«

Bis zum Parkplatz war Willi keinem Menschen begegnet. Den Schlüssel für den Hamburger Wagen hatte er noch in der Tasche. Schnell stieg er um, fuhr ein Stück auf der Bundesstraße in Richtung Hamburg, aber dann kamen ihm Zweifel. Wenn die Polizei vermutete, dass er in ein anderes Fahrzeug umgestiegen war, und alle Fahrzeuge kontrollierte? Aber das Fahrzeug vor der Bank war doch aus Kiel.

Trotzdem, er musste raus aus dem Wagen und aus dem Blaumann. Wer wusste, wie die Polizei in einem solchen Fall vorging. Willi wusste es nicht!

Willi hielt in einem Waldweg, zog den Blaumann aus und versteckte ihn zusammen mit dem Strumpf unter einem Gestrüpp, nur seine Handschuhe behielt er an. Wenn die Polizei seine Fingerabdrücke nirgends fand, dann konnte sie auch nichts beweisen, und heute hatte er nichts ohne Handschuhe angefasst. Dann durchsuchte er den Wagen. Nichts Essbares, keine Wertgegenstände, aber zwei Markstücke. Nicht viel, aber für ein paar Rundstücke gegen den größten Hunger reichte es.

Wenn er hier den Wagen abstellte, dann hatte er wenig Möglichkeiten, sich zu verbergen. Dann suchte die Polizei die umliegenden Dörfer ab, und auf dem Dorf fiel ein Fremder immer auf. Also fuhr Willi ein paar Kilometer weiter zum nächsten größeren Ort.

Dort sah er einen Wegweiser zum Bahnhof. Ja, wenn der Wagen da gefunden wurde – aber er hatte ja kaum Geld, bestimmt nicht genug für eine Fahrkarte. Und was sollte er in Hamburg? Nicht einmal eine Unterkunft hatte er dort, und das konnte er überall haben.

Egal, das Auto wurde hier abgestellt, musste ja nicht direkt vor dem Bahnhof sein, das wäre zu auffällig. Er fuhr in eine Seitenstraße und stieg aus. In einem Bäckerladen kaufte er sich Rundstücke als Marschverpflegung. Wohin er wollte, wusste er selbst noch nicht, aber er marschierte los.

Dort war ein Wegweiser. Der Name darauf klang nach Dorf. Bald war Erntezeit, vielleicht brauchten die Bauern dann Hilfe.

Er ging durch ein paar Dörfer. Es wurde Nachmittag, die Rundstücke waren längst verzehrt und der Magen verlangte nach mehr. Die Füße standen ihm bald nach hinten, aber es drängte ihn weiter, nur weg, weit weg.

Willi kam wieder durch ein Dorf, hörte ein Gespräch, zunächst unbewusst, aber plötzlich wurde er aufmerksam, er blieb stehen und hörte zu.

»Mensch, Hinnerk, irgendjemand muss mir das doch schweißen können! Mit der angebrochenen Deichsel kann ich doch keine Lasten fahren. Und die Ernte fängt an.«

»Hast ja recht, Krischan, aber ich kann dir nicht helfen. Siehst ja, ich hab mir gestern den Arm gebrochen. Versuch's doch mal bei Reimers in …«

»Da komm ich gerade her. Mein Acker ist doch gleich nebenan. Der hätte das ja gern gemacht, aber sein Schweißgerät ist im Eimer. Kann dein Jung das nicht machen? Der hat das doch auch gelernt.«

»Hat er. Aber mein Klaus ist beim Kommiss.«

»Aber das können die doch nicht machen.«

»Du siehst doch, dass die das machen können. Ich weiß auch nicht, wie das jetzt weitergehen soll.«

Das Wort »schweißen« hatte Willi hellhörig gemacht, er hatte das Gespräch verfolgt, jetzt mischte er sich ein: »Verzeihung, aber vielleicht kann ich helfen. Ich habe Schlosser gelernt, habe alle Schweißerzeugnisse, aber seit einem Jahr bin ich arbeitslos.«

»Du sagst, du kannst schweißen? Na, das woll'n wir doch mal sehn. Moment, ich schließ mal die Werkstatt auf.« Der Mann mit dem Gipsverband verschwand im Haus, einen Moment später öffnete sich das Tor zur Werkstatt. »Na, dann komm mal rein und zeig, was du kannst. Hier ist das Schweißgerät, da sind die Sticken und der Schirm und hier haste was zum Schweißen.« Damit stellte der Mann zwei kurze Abfallstücke Winkeleisen auf den Schweißtisch.

Willi kannte den Gerätetyp gut und es waren gute Markenelektroden, kein billiger Mist. Hunger und Müdigkeit waren vergessen. Vielleicht war das ja noch einmal eine Chance. Er schaltete das Gerät ein, stellte den richtigen Strom ein, rückte die Winkeleisen so hin, dass sie sich mit dem scharfkantigen Rücken berührten, legte den Schutzschild bereit und wählte die geeignete Elektrode. Willi spannte die Elektrode in die Schweißzange, nahm den Schutzschild und zog eine Steigenaht hoch. Er legte die Sachen ab, nahm mit einer Zange sein Werkstück hoch, schlug einmal kräftig damit auf den Schweißtisch, damit die Schlacke abfiel, dann hielt er es dem Mann hin. Der sah sich die Schweißnaht von allen Seiten kritisch an und sagte: »Da kann man nicht meckern. Krischan, kannst dein'n Wag'n hier mal 'n büschen dichter ranfahr'n.«

Zwei arme Teufel
haben den Herrn der Hölle verärgert

Satan, der Herr der Hölle, tobte. Seine beiden Enkel, Beelzebub und Luzifer, hatten schon wieder gegen die Regeln der Hölle verstoßen. Sie hatten wieder einmal jammernden Armesünderseelen kaltes Wasser statt heißes Öl gegeben. Aus Mitleid. Es war nicht zu fassen, angehende Teufel, die Mitleid hatten. Das musste streng bestraft werden. Aber wie? Alle bisherigen Strafen hatten nichts genützt. Satan schickte die beiden auf die Erde, dort sollten sie frieren und sich bewähren, indem sie möglichst viel Schaden anrichteten.

Von der hellen Sonne geblendet, traurig und frierend schwebten Beelzebub und Luzifer durch die Stadt. Da sahen sie plötzlich, wie jemand mit einem großen Sack in der Hand aus einem Eingang stürzte, über dem groß »Bank« stand. Der Mann lief zu einem Auto.
 Beelzebub hatte eine Idee: »Du, Luzifer, wenn der das so eilig hat, dann können wir dem doch einen Streich spielen, dass er nicht wegkommt.« Und schon waren sie unter der Motorhaube, zogen an den dunklen Strippen, die da überall waren, und hatten gerade das Zündkabel aus der Zündspule gerissen, als Narben-Ede den Motor anlassen wollte. Dann fummelten sie noch an anderen Dingen herum und hatten damit die Sicherung gegen Einbruch aktiviert. Der Wagen ließ sich nicht mehr ohne Schlüssel öffnen.

Inzwischen hatte Narben-Ede den Zündschlüssel gedreht, aber der Motor sprang nicht an. Er versuchte es noch einmal und noch einmal, doch ohne Erfolg. Dann hörte er von Weitem das Jaulen des Polizeiwagens. Er wollte raus aus dem nutzlosen Wagen und zu Fuß flüchten, aber die Tür ließ sich nicht öffnen. Das schaffte erst die Polizei.

Leise kichernd, dass ihr erster Streich auf der Erde gleich so gut funktionierte, flogen die beiden Teufelchen davon und freuten sich auf die Hölle, wo es so schön warm war, und auf das Lob von Satan.

Zwei arme Teufel in Schweden

Satan, der Herr der Hölle, tobte schlimmer als je zuvor. Seine beiden Enkel, Beelzebub und Luzifer, hatten auf der Erde noch stärker als bisher gegen die Regeln der Hölle verstoßen. Sie hatten doch tatsächlich die Flucht eines Bankräubers vereitelt und ihn der Polizei auf dem Präsentierteller serviert. Das war doch wohl der Gipfel! Wurde in Schweden nicht demnächst der Enkel von Sass aus dem Gefängnis entlassen? Man munkelte, der sei geläutert. Schlimm, so etwas. Die beiden Sünder sollten Sass durch Leif Södermann vom Gefängnis abholen lassen, der würde den mit ihrer Hilfe schon wieder auf den rechten Weg bringen. Ab nach Schweden, da war es noch kälter! Vielleicht brächte sie das zur Vernunft.

Beelzebub und Luzifer froren entsetzlich, denn es war gerade Winter in Schweden. Sie fanden Leif Södermann, ließen ihn davon träumen, dass in dem Bergwerk draußen vor dem Ort zwei große Panzerschränke standen, dass er den größeren der beiden Schränke nicht allein öffnen konnte, dass aber Sven Sass, der Schweißer, damit keine Schwierigkeiten hätte.

Leif Södermann sah den Traum als Wink des Schicksals. Er interessierte sich für das Bergwerk. Ja, zur Lohnzahlung war da immer ein ganzer Batzen Geld im Geldschrank. Leif hörte sich auch nach Sven Sass um und erfuhr, dass der bald aus dem Gefängnis kam und noch keine Bleibe hatte.

Leif bereitete sich auf den großen Coup vor, beschaffte sich alle nötigen Informationen. Sorgfältige Vorbereitung war sein Markenzeichen, deshalb hatte er auch noch nie ein Gefängnis von innen gesehen. Die beiden Teufelchen halfen ihm unauffällig dabei. Schade, dass sie so dumm waren.

Selbstverständlich holte Leif den Heimatlosen ab und bot ihm seine Hilfe an. Dann zeigte er Sven sein Zimmer, in dem – natürlich rein zufällig – die Bauzeichnungen des Verwaltungsgebäudes der Hütte lagen, in welche Leif die Panzerschränke eingezeichnet hatte. Der Dienstplan der Nachtwächter lag darunter und unter dem Tisch stand ein ganz neuer Schneidbrenner mit allem Zubehör.

Sven Sass durchschaute den Plan sofort und brauste auf. Nein, so hatte er sich die Hilfe nicht vorgestellt, er hatte, wie man in diesen Kreisen so sagte, die Schnauze voll, er wollte den Rest seines Lebens in Freiheit genießen.

»Und wovon willst du leben? Glaubst du wirklich, dass ein Betrieb dich, den unverbesserlichen Zuchthäusler, einstellt? Willst du dich an die Straße stellen und um 'ne Kippe betteln?«

Nein, das wollte Sven nicht. Außerdem war da gar kein Risiko. Hinter der Pförtnerloge war eine Kammer mit fester Eisentür und ohne Fenster, da konnte man die beiden Nachtwächter einsperren. Erst den einen, der das Tor allein bewachte, während der andere seinen Rundgang machte, und dann den anderen, wenn er zurückkam. Gegen zwei bewaffnete Leute würde wohl keiner auch nur aufmucken.

»Aber die haben doch bestimmt ein Alarmsystem«, meinte Sven.

»Selbstverständlich haben die eins, aber an den Alarmknopf kommt der Nachtwächter nur, wenn er an der Kundenklappe sitzt. Da müssen wir ihn weglocken, und ich weiß auch schon wie.« Leif Södermann erklärte Sven, wie das zu bewerkstelligen wäre. Es war wirklich kein Problem.

Sven war trotz der schönen Reden misstrauisch, sah sich selbst alles unauffällig an, aber Leif hatte nicht gelogen. Wirklich, so wie der die Sache vorbereitet hatte – Leif war eben ein Profi.

Und in der Nacht träumte er von einem sorglosen Lebensabend. Das Monatsende, die Lohnzahlung nahte, die Vorbereitungen waren abgeschlossen. Dieser Monatswechsel war besonders günstig – Weihnachtsgeld. Der gepanzerte Transporter hatte das Geld gebracht, morgen mussten die Angestellten im Lohnbüro das Geld für die Auszahlung vorbereiten. Na, die würden sich wundern.

Die Teufelchen freuten sich auf die Heimreise. Dieses Mal würde Satan sicher mit ihnen zufrieden sein, mit Leif hatten sie den richtigen Helfer gefunden, der hatte an alles gedacht. Und Sven hatten sie auch überzeugt, er hatte so schön geträumt.

Es lief wie am Schnürchen. Der alte Nachtwächter in der Pförtnerloge ging an die Tür, als es daran kratzte und er das klägliche Mauen hörte, und er machte große Augen, als statt der Katze zwei Gangster mit Pistolen ihm gegenüberstanden. Er ließ sich ohne Widerstand einsperren. Auch der zweite schaute nur dumm, als er durch die Tür in den Raum trat und statt des Kollegen zwei auf ihn gerichtete Pistolen sah. Und schon leistete er dem Kollegen Gesellschaft.

Leif nahm die Schlüssel an sich, mithilfe des Planes kamen sie auf dem kürzesten Wege ohne Schwierigkeiten in den Keller zu den Panzerschränken und es war alles, wie Leif es im Traum gesehen hatte. Ein großer, moderner Panzerschrank und ein kleineres, älteres Modell standen einander gegenüber. Sven sah sofort, der größere wäre nur heiß zu öffnen, der kleinere war etwas für Leif, der mit Nachschlüsseln, Gehör und Feingefühl die älteren Schlösser überlistete. Das ging schneller als mit dem Schneidbrenner – wenn es ging.

Sie packten in Ruhe ihr Werkzeug aus. Sie hatten Zeit, die Nachtwächter waren gut untergebracht, niemand würde sie stören. Sven setzte den Schneidbrenner an einer Wölbung der Tür an. Schade, da war keine Kante, die man schnell auf 750 Grad bringen konnte, die Temperatur, bei der das Eisen mit reinem Sauerstoff verbrannte. Das lieferte mehr Hitze als die Azetylenflamme. Jetzt war die kritische Temperatur doch erreicht. Sven öffnete das Sauerstoffventil, die Funken flogen, ein Krater bildete sich, wurde immer tiefer. Dann hörte der Funkenregen plötzlich fast ganz auf – er war durch.

Die Menschen, die am Morgen Einlass begehrten, wunderten sich. Warum öffnete niemand das Tor? Nachdem man die Nachtwächter befreit hatte, ging man in den Tresorkeller. Was sonst sollte das Ziel der Gangster gewesen sein?

Die Tür zum Keller war aus den Angeln gerissen, Teile der Betondecke hingen herab, die Tür des großen Panzerschranks lag vor dem kleinen. Und noch etwas anderes lag dort: die Leichen von Leif und Sven, erschlagen von der Panzertür, deren Verschluss nicht gehalten hatte, als es den – eigentlich für den Bergbau gedachten – Sprengkapseln zu warm geworden war.